KB054597

김태영 著

114

『선도체험기』 114권을 내면서

『선도체험기』 114권에는 네티즌들에게 블로거로서는 알려져 있지만, 독자 여러분에게는 생소한 필자를 한 분 소개하고자 한다. 그는 49세의 컴퓨터 기사로서 이름은 김우진 씨이고 컴퓨터 관련 회사에 근무하고 있는데 1999년부터 『선도체험기』 독자로서 스승 없이 순전히 혼자 힘으로 수련을 해 왔다고 한다.

그는 금년 3월 23일에 처음 삼공재에 찾아왔고 4월 6일에 두번째로 찾아와서 자기는 수련이 대주천, 삼합진공, 연정화기, 연기화신의 경지까지 도달했는데, 급박한 사정으로 현묘지도 수련을 받고자 하니 도와달라고 했다.

나는 이제 겨우 두번째로 만나보는 김우진 씨를 어떻게 알고 삼공재 수련자들 중에서도 27명 밖에 배출하지 못한 현묘지도 공부를 당장 시킬 수 있겠느냐니까. 그럼 지난 3년간의 제 수련일지 읽어보시고 가부를 결정해 달라고 했다.

이렇게 해서 그가 인터넷으로 보내온 수련일지를 읽기 시작했다. 처음 그를 만났을 때부터 그에게서 비범한 기운을 감지하긴 했었지만 그의 수련 일지를 읽어 가면 읽어갈수록 그는 현묘지도 수련을 받을만한 자격이 충분히 있음을 알게 되었다.

수련일지의 내용은 수행자라면 누구나 예외 없이 겪게 마련인 빙의령들과 접신령들과의 투쟁에서 그들을 하나하나 극복해내는 생생하고 현실감 넘친 이야기 들이었다.

그는 수련에 관한 선배들의 이야기는 자기가 직접 겪어보지 않은 이상 절대로 받아들일 수 없다는 기본 철학을 바탕에 깔고 있다. 나는 그의 일지를 읽는 동안 내내 마치 육조(六祖) 혜능(慧能)의 살불(殺佛) 살조(殺祖) 정신의 살아있는 현장을 경험하는 기분이었다. 그 방면에는 남에게 뒤지지 않는다고 자부해 온 나에게도 놀라움 그것이었다. 혼자 읽기가 아까워 『선도체험기』 114권에 신기로 했다.

이메일: ch5437830@naver.com

단기 4350(2017)년 5월 15일

서울 강남구 삼성동 우거에서 김태영 씀

차 례

Contents

선제타격론(先制打擊論)

2017년 3월 20일 월요일

우창석 씨가 말했다.

"트럼프 대통령 집권 이후 렉스 틸러슨 국무장관은 지난 20년 동안의 북한의 핵 미사일 개발 위협에 대한 전략적 인내의 시간은 이제 끝났고 앞으로 계속 핵과 미사일 개발을 포기하지 않는 한 북한에 대한 선제 타격이 있을 뿐이라고 말했습니다.

저는 이러한 그의 결의를 듣고 이제야 북한을 제대로 다룰 만한 상대가 나타났구나 하고 속으로 쾌재를 불렀습니다.

그런데 틸러슨이 막상 1주일 동안 일본 한국 중국 순방을 마치고 귀국한 지금 그동안에 있었던 것은 중국과 러시아의 시종일관된 북한과의 협상과 평화적 해결 요청뿐이었습니다.

그와 함께 뉴욕 타임스가 주장한 대로 선제타격시 주한미군을 포함한 최소한 수백만의 인명 피해와 전면전을 유발할 수도 있습니다. 그 때문에 불가론 쪽으로 기우는 바람에 틸러슨의 주장은 탄력을 잃은 것 같습니다.

선생님께서는 틸러슨의 선제타격론에 대하여 어떻게 생각하십니까?"

"내가 보기에는 20년 동안의 전략적 인내의 시간은 북한에게 핵과 미사일을 계속 개발하여 실전 배치할 수 있는 여유를 주었고 이제 북한은 선제타격으로 치명적 타격을 주기에는 너무나 커버렸다고 봅니다."

"미국이 20년이라는 적지 않은 귀중한 시간을 북한에 허용함으로써 핵과 미사일 개발 수준을 계속 높여준 근본 원인은 어디에 있다고 보십니까?"

"그 첫 번째 원인은 김영삼 대통령이라고 봅니다. 그가 한국 대통령으로서는 미국에 대하여 두 번째로 '노'라고 거부권을 행사했고 그것이 처음으로 동맹국 미국에 의해 받아들여졌기 때문이었습니다."

"김영삼 대통령이 두 번째라면 한국 대통령으로서 처음으로 미국에 대하여 '노'라고 거부권을 행사한 사람은 누굽니까?"

"이승만 초대 대통령입니다."

"아니 언제 그런 일이 있었습니까?"

"한국전 휴전조약 체결 때였습니다. 그러나 그때는 미국에 의해 단호하게 거부되었습니다.

그러나 그에 대한 분풀이라도 하듯 이승만 대통령은 미군이 관리하는 남한 내의 반공 포로수용소들을 국군이 일시 접수하여 3만 5천명의 반공포로들을 석방시킴으로써 사실상의 자위권 행사를 단행했습니다."

"그럼 김영삼 대통령에 의한 두 번째 거부권 행사는 그 후 어떻게 되었습니까?"

"한반도가 핵으로 오염되는 것은 용납할 수 없다는 이유로 제기되었던 김영삼 대통령의 거부권 행사는 미군이 계획했던 영변 핵시설 폭격을 중단시켰습니다.

그러나 그때는 그 누구도 그 거부가 지금과 같은 재앙으로 자라날 줄은 상상도 하지 못했습니다. 김영삼 전 대통령 역시 2015년 타계하기 얼마 전에 자신의 잘못을 깊이 뉘우쳤다고 합니다."

"그 말씀을 들으니 나무는 떡잎부터 알아보아야 하고 도둑은 무조건 바늘 도둑일 때 버릇을 뜯어고쳐야지 소도둑으로 자란 뒤에는 별수 없다는 한탄을 자아내게 합니다.

그건 그렇고 이번에는 중국보다는 러시아의 해당 장관들이 일련의 성명으로 북한에 대한 선제타격 대신에 협상과 평화적 해결을 유난히 중국보다 더 강조하는 것 같은 느낌을 받았습니다."

"러시아로서는 그렇게 나올 수밖에 없었을 것입니다. 소련은 1991년 '별들의 전쟁'에서 미국에 백기를 들고 나서 곧바로 망해버린 후 개혁개방을 통하여 서구식 민주 국가인 러시아로 재탄생을 했습니다.

신생 러시아는 그동안 경제 부진으로 인한 국가부도 선언 등 고통을 겪다가 최근에 어느 정도 기력을 회복한 지금 동북아 대륙에 미국이 진출하는 것을 두만강 하구에서 러시아와 육지로 붙어있는 북한을 앞세워 견제하는 데 은근히 한몫 하려고 준비했던 것 같습니다.

더구나 소련은 1945년에 김일성을 앞장 세워 지금의 북한 정권을 만들어 내었고 6.25사변 때 북한군은 순전히 탱크와 포를 위시한 소련제 무기로 무장시켜 남침을 부추겼습니다.

그런 연고를 생각하면 러시아에게 있어서 북한이야말로 미국이 동북아에 진출하는 것을 제1선에서 막아주는 파수꾼이 아닐 수 없을 것입니다. 그런 맥락에서 러시아는 이번 기회에 북한 정권을 만들어낸 산파로서의 역할을 톡톡히 했다고 말할 수 있습니다."

"선생님 그렇다면 북한의 뒷배를 봐주는 강대국은 중국뿐이 아니고 러시아도 중국 못지않게 크게 한몫하고 있는 것이 틀림없습니다.

저는 지금까지 러시아는 중국과는 달리 경제 개방뿐만 아니라 통치제도까지도 민주화된 서구 선진국을 본뜬 것으로 생각하여 왔는데도 지정학(地政學)적 야심으로는 제정 러시아나 공산제 소련이나 신생 러시아나 똑 같은 것 같습니다."

"옳게 보았습니다. 러시아가 저처럼 우리나라를 미국이 동북아에 진출하는 데 교두보로 보는 한 우리도 러시아를 새로운 시각으로 대해야 하지 않을까 생각됩니다.

그리고 저는 지금까지 북한의 핵과 미사일 개발을 은밀히 도와온 것은 중국뿐이라고 생각해 왔는데 사실은 그렇지 않은 것 같습니다"

"기술면에서 북한의 핵과 미사일 개발에는 중국보다는 러시아가 처음부터 한 몫 단단히 해 온 것을 알아야 합니다. 지금 북한에는 러시아의 핵 및 미사일 기술자들이 3백 명이나 고용되어 일하고 있다고 외신들은 전하고 있습니다.

만약에 미국이 선제타격을 할 경우 북한의 주요 핵 미사일 시설에서 일하는 러시아 기술자들이 희생될 것은 불을 보듯 뻔한 일입니다."

"이번에 틸러슨 미국무장관의 동북아 순방시 러시아 연방 정부의 관계 장관들이 돌아가면서 협상과 평화적 해결 모색을 유달리 호소한 이유를 이제야 제대로 알 것 같습니다.

그런 걸 생각하니 미국과 소련에 의해 얄타회담에서 한국이 남북으로 분단된 지도 어느덧 72년이 되었건만 통일이 되려면 앞으로 얼마나 더 기다려야 하는지 막막할 뿐입니다. 통일에 대한 선생님의 견해를 듣고 싶습니다."

"우리는 지금까지 유엔 안보리와 국제사회의 갖은 노력에도 불구하고 북핵 문제가 해결되지 않은 것은 중국이 겉으로는 대북 제재를 찬성하는 척하면서도 뒤로는 식량과 유류를 남몰래 북한에 지원해 주기 때문이라고 생각해 왔는데 이번에 알고 보니 중국보다 더 넓은, 세계 최대의 영토와 엄청난 에너지 자원을 가진 러시아가 북한 뒤에 엄연히 버티고 있었다는 것을 지나쳐 왔습니다."

"결국은 북한의 뒷배를 봐주는 중국과 러시아가 저처럼 버티고 있는 한 우리의 소원인 통일은 아득한 미래의 일만 같은 느낌이 듭니다.

중국과 러시아는 이처럼 북한을 밀접 지원해 왔건만 그리고 중국과 러시아가 북한에 핵과 미사일 개발을 저렇게 음으로 양으로 도와주었건만 미국은 동북아의 최일선 교두보인 한국에 대해서 핵과 미사일 개발을 지금까지 가혹하게 금지하고 억제 일변도로만 일관해 왔습니다. 그러한 미국에게 우리는 자위권 차원에서 당당하게 자주국방을 요구해야 할 것입니다."

“그렇지 않아도 북한의 핵과 미사일을 억제할 수 있는 군사적 선제 타격론이 뜸해지면서 미하원에서는 북한에 석유 공급을 차단하는 조치를 취함으로써 군사적 선제 타격 이외의 모든 방법이 대두되고 있다고 오늘 (3월 23일자) 아침 조선일보는 보도하고 있습니다. 보도 내용의 리드를 말씀드리면 다음과 같습니다.

‘미국하원이 북한의 노동력 해외 송출과 어업권 판매 등 김정은 정권의 모든 자금줄뿐 아니라 북한의 생명선인 원유와 석유제품 수입까지 차단할 수 있는 초강력 대북 제재 방안을 21일 발의했다. 법안은 북한의 해외도박 사이트와 온라인 상거래까지 봉쇄하는 내용을 담고 있다. 군사적 공격을 제외한 모든 대북 제재를 할 수 있는 법적 재량권을 트럼프 행정부에 부여한다는 뜻이다.’

여기서 중요한 것은 북한의 생명선이기도 한 원유와 석유제품 수입까지 차단할 수 있는 초강력 대북 제재 방안을 미국하원이 발의했다는 것입니다.

선제타격이 가져올 수도 있는 엄청난 인명피해와 전면전을 피할 수 있으면서도 북한의 생명줄이기도 한 원유공급을 차단함으로써 북한의 군사력 기동과 군수산업을 일시에 마비시킬 수 있다는 것입니다.

우리가 북한이 지금까지 중국에만 의존해오는 것으로 알고 중국의 처분만 학수고대하여 온 것을 미국이 직접 나서서 김정은의 목줄과 돈줄을 동시에 죄게 함으로써 핵과 미사일을 포기하지 않을 수 없게 할 수 있다면 근래에 없었던 쾌보가 아닐 수 없습니다.

미국의 이번 단속 안은 군사력을 동원하지 않고도 북한과 불법 거래하는 중국 기업들을 주저 없이 제재할 것임을 밝힌 것이라고 전문가들은 말했습니다.

요즘 한국과 중국 사이의 5천년 역사를 모르는 정치인들은 덮어놓고 가까운 곳에 있는 강대국인 중국과 친하게 지내야 한다고 제법 역사 공부깨나 한 것처럼 아는 척하는데, 이것은 한·중 5천년 역사를 모르고 하는 하나만 알고 둘은 모르는 답답한 소리입니다.

우리나라와 같은 지정학적 위치에 있는 나라가 살 길은 오직 원교근공(遠交近攻)뿐임을 알아야 합니다.

사자 무리와 이웃해서 살고 있는 노루 무리가 목숨을 부지하는 길은 먼 곳에 떨어져 있는 호랑이 무리와 친하게 지내는 것입니다. 그래야만이 위급할 때 호랑이 무리를 불러내어 사자무리로부터 목숨을 부지할 수 있습니다. 그런데도 불구하고 사자와 친해야 한다고 말한다면 결국은 사자의 밥이 되자는 소리와 같다는 것을 알아야 합니다.

하나만 알고 둘은 모르는 정치인들의 감언이설에 속아 넘어가는 어리석음을 범하는 일은 없어야 합니다.

우리가 왜 중국으로부터 사드 때문에 부당한 경제적 보복을 받아야 합니까? 원교근공을 모르는 일부 정치인들이 사드 문제를 둘러싸고 국내에서 단합하지 못하고 중국에 독자적으로 대표단을 파견하는 등 친중 쪽으로 기울었기 때문에 적전(敵前) 분열을 일으킨 우리를 제멋대로 깔보고 사드의 장본인 미국에는 찍 소리도 못하면서도 우리에게는 제멋대로 행패를 부리는 겁니다.

이런 때 중국에 초년생 국회의원을 6명이나 파견한 야당은 스스로 자신들이 얼마나 석두(石頭) 짓을 했는지 깨달아야 합니다."

어느 불면증 환자

2017년 3월 31일 금요일

자영업을 하는 60세 후반의 이석훈이라는 수련생이 말했다.

"선생님 저는 요즘 남들이 모두 깊은 잠에 곯아떨어질 새벽 2시쯤이면 영락없이 잠이 달아나곤 다시 잠들지 못하고 뜬눈으로 밤을 지새우곤 합니다. 그래서 요즘은 잠 한번 코가 비뚤어지게 자 보는 것이 평생소원이 되었습니다. 무슨 방법이 없겠습니까?"

"원인이 무엇입니까?"

"잠 못 드는 원인 말씀입니까?"

"그렇습니다."

"그 원인이 어디에 있는지 저도 잘 모르겠습니다."

"그래도 잘 생각해 보세요. 이 세상에 원인 없는 결과란 있을 수 없으니까요.

내 직감으로는 아무래도 누구한테 무슨 얘기를 듣고 큰 충격을 받은 것 같은 느낌이 듭니다. 최근에 누구한테서 무슨 얘기를 듣고 마음이 흔들린 일이 없었습니까?"

"그런 일이 한번 있었습니다. 동창생 모임에서 한 친구가 말하기를 자기는 일사후퇴 때 이북에서 넘어온 피난민 2세대인데 요즘 매스컴에 보도되는 대통령 선거 얘기만 나오면 가슴이 덜커덕 내리 앉는다는 겁니다.

무엇 때문에 그러느냐고 물어보니, 그 친구 말이 지금까지의 인기도 조사를 보면 다음에 틀림없이 대통령에 당선될 가능성이 있는 유력자가 자기가 대통령이 되면 미국이나 중국에 가기 전에 북한부터 제일 먼저 방문할 것이며 개성 공단을 즉시 재가동하고 금강산 관광 사업도 재개하는 일부터 시작하겠다는 말을 듣고 가슴이 덜컥 내려앉으면서 그날부터 밤잠을 못 잘 정도로 충격을 받았다는 말을 들었습니다.

그 말을 듣고는 저도 전염병에라도 걸린 듯 같은 증세에 걸려버린 것 같습니다."

"아니 그럼 대통령이 된 것도 아니고 아무리 당선 가능성이 확실한 사람이라고 해도 아직 선거도 치르지 않았고 당선도 되지 않은 사람의 얘기를 듣고 불면증에 걸릴 정도로 큰 충격을 받았단 말입니까? 도대체 그렇게까지 충격을 받은 이유가 무엇입니까?"

"죄송합니다 저는 일사 후퇴 때 북한 땅 고향에서 대한민국을 지지하여 치안대장을 지낸 아버지의 등에 업힌 채 국군을 따라 어머니와 함께 세 식구가 죽을 고생을 하면서 월남을 했습니다.

그런데 만약에 그 급진좌파 대통령 지망자가 막상 대통령이 되고 통일이 되었을 때 이미 돌아가신 양친의 유해를 북한의 고향 땅에 가서 묻어드리겠다는 부모님과의 약속이 허사가 되는 것이 아니냐는 우려 때문에 충격을 받은 것 같습니다."

"그 문제의 대통령 지망자가 막상 대통령으로 당선이 되었을 경우 이석훈 씨가 부모님의 유해를 고향 땅이 묻을 수 없다고 생각한 이유가 무엇입니까?"

"그거야 좌파 출신이 대통령이 될 경우 북한과 손잡고 미군철수를 주장하여 미군이 필리핀에서처럼 남한 땅에서 미련 없이 철수해버리고 한국이 공산화되면 저 같은 북한 출신이 북한에 들어가는 길은 막혀버리고 말 것입니다. 그렇게 되면 부모님과의 약속은 이행될 수 없지 않겠습니까?"

"그건 지나치게 소아병적이고 패배주의적 사고방식입니다. 아마도 북한의 핵무기와 미사일 그리고 화생방 무기 같은 대량살상 무기에 지나치게 겁을 먹은 것 같습니다.

이런 때일수록 우리는 그런 식의 패배주의에 겁먹는 대신에 우리 조상들은 어떻게 그와 비슷한 국란을 극복했는가를 되돌아볼 필요가 있습니다."

"우리나라 역사에도 그와 비슷한 때가 있었습니까?"

"있었고 말고요. 고려 때 몽골의 침입으로 나라가 위기에 처했을 때 고려의 무신 정권은 항복 대신에 몽골군과 40년 동안이나 끈질긴 항전을 벌였고 끝내 나라를 보존했습니다.

그리고 4.19 학생 시위와 이들의 국회 의장석 점거로 국정이 마비되었을 때는 계엄군이 나라를 안정시켰습니다. 5.16 때 역시 군부가 나라를 위기 상태에서 구했다고 할 수 있습니다.

환인시대 3301년으로부터 배달국시대 1565년, 단군시대 2096년, 삼국시대, 통일신라, 발해, 고려, 조선왕조, 대한민국까지 총 9216년 동안 국통(國統)이 완전히 단절된 일은 없었습니다.

35년 동안의 일제강점기에도 대한민국 임시정부와 독립군은 끝까지 국통을 계승하지 않았습니까?

제2차 세계대전 후 식민지에서 독립을 얻은 나라로서 외국의 원조를 받던 나라에서 외국에 원조를 주는 나라로 탈바꿈한 나라는 오직 대한민국밖에 없습니다. 그러한 나라에서 국민이 뽑은 대통령이 아무리 좌파 출신이라 해도 그렇게 자기 나라를 42년 전에 베트콩이 월남공화국을 월맹에게 바치듯 하지는 못할 것입니다.

그리고 6.25 남침 때는 남하하는 소련제 탱크를 파괴할 수 있는 대전차포 하나 없던 빈약하기 짝이 없었던 국군이 유엔군과의 합동 작전으로 북한군을 추격하여 중공군이 개입하기 전까지 압록강과 두만강까지 추격했습니다.

그러한 국군에 대면 지금의 최첨단화된 국군은 비록 다시 남침을 당하더라도 동맹군 미국과 함께 북한군을 능히 물리치고도 남음이 있을 것입니다.

그리고 미군은 필리핀에서처럼 간단히 한국에서 철수하는 일은 없을 것입니다. 왜냐하면 한국은 필리핀이 아니기 때문입니다. 필리핀은 미국이 50년 동안 식민지 통치를 한 일은 있었지만 한국을 수호하려고 6.25 때 3만 7천명의 미군이 희생된 일은 없었습니다.

한국은 이처럼 미국이 수호하지 않을 수 없는 나라이기 때문에 한국과 상호방위조약까지 맺은 것입니다. 그리고 좌익출신 대통령이 북한과 손잡고 미군 철수를 시도한다면 틀림없이 국회와 국민들이 그의 반역 행위를 문제 삼아 탄핵과 파면 조치를 취하게 될 것입니다."

여기까지 말했을 때였다. 난데없이 드르렁 드르렁 코고는 소리가 요란했다. 이석훈 씨가 앉은 채 코를 골면서 깊은 잠에 빠져 있었다.

진상은 밝혀진다

"선생님 저도 질문이 하나 있습니다."

중년의 여자 수련생이 입을 열었다.

"어서 말씀 하세요."

"저는 요즘 박근혜 전 대통령에 대한 매스컴의 보도에 유난히 관심이 끌리는데요. 박근혜 전 대통령은 조금 전에 구속 수감되었다고 합니다. 2012년 국민의 직접 투표로 문재인 후보와의 근소한 표차로 당당하게 승리하여 대한민국 18대 대통령이 된 박근혜 전 대통령을 국가 반역 행위를 저지르지 않은 이상 뇌물 수수 혐의로 국회 탄핵과 헌법재판소의 파면을 거쳐 꼭 그렇게 구속 수감까지 해야만 하는지 묻고 싶습니다."

"누구한테 말입니까?"

"선생님과 이 자리에 계신 모든 분들에게요."

"글쎄요. 사법당국에서 법과 원칙에 따라 집행하고 있는 일을 가지고 평범한 국민의 한 사람인 우리가 뭐라고 말해 봤자죠."

"제가 말하고 싶은 것은 대통령들에 대한 법 적용이 공평하지 않다는 것을 지적하는 겁니다.

전두환, 노태우, 김영삼, 김대중, 노무현, 이명박 같은 여섯 대통령들도 그들의 아들과 형이 비선 실세가 되어 뇌물 수수 등 불법을 자행했지만 당자들 외에 현직 대통령을 탄핵, 파면하고 구속하는 일은 없었습니다.

그런데 박근혜 전 대통령만은 형이나 아들과 같은 친인척 대신에 최순실이라는 비선 실세가 불법을 자행했다고 하여 그 당자 외에도 유독 현직 대통령을 탄핵하고 파면하고 구속까지 꼭 해야 할 만큼 큰 죄를 지었는가 하는 것입니다.

똑같은 비선 실세이건만 친인척이라 하여 특혜가 있었는지는 몰라도 위에 말한 여섯 대통령들은 그 일로 인하여 아무런 처벌도 받지 않았습니다. 아무래도 만인 앞에 평등해야 할 법 집행이 아닌 것 같아 껄끄럽습니다.

아무리 생각해도 박근혜 전 대통령과는 불구대천(不俱戴天)의 원수가 있어서 최순실 사태를 기화로 차례차례 단계를 높여가면서 앙갚음을 위한 치밀한 권모술수를 꾸며서 차곡차곡 용의주도하게 집행 중인 것 같은 느낌을 갖게 합니다.

물론 저의 이러한 말에는 어떤 움직일 수 없는 물적 증거는 없지만 제 직감으로 포착한 예감일 뿐입니다.

박근혜 전 대통령도 검찰이 제시한 13항목에 달하는 뇌물수

수 혐의에 대하여 장장 아홉 시간에 달하는 철야 심문 끝에 이 모든 진실은 반드시 밝혀질 것이라고 말했지만 국민들 역시 그 진상은 꼭 밝혀질 것을 의심치 않습니다."

"나 그리고 여기 있는 사람들 모두 역시 제발 그렇게 되기를 천지신명께 빌고 싶은 심정입니다."

처녀 임신

60대의 여자 수련생이 말했다.

"선생님 저도 질문이 하나 있습니다."

"그래요."

"네."

"그럼 어서 말씀해 보세요."

"제 조카딸이 28세인데 아직 시집도 안 가고 임신부터 덜컥 했습니다. 하도 창피해서 부모한테는 입도 뻥긋 못하고 배는 불러오는데 그래도 작은 엄마라고 저에게 처음으로 이 사실을 털어놓았다고 합니다. 저 역시 하도 기가 막히고 어떻게 해야 할지 엄두가 나지 않고 하여 선생님한테 말씀드리면 무슨 기발한 묘책이라도 떠오르지 않을까 하여 상의를 드립니다."

"그 조카딸은 무슨 일을 하고 있습니까?"

"무역회사에서 회계 일을 보고 있습니다."

"사고 낸 상대자는 무엇 하는 사람입니까?"

"같은 회사의 3년 후배라고 합니다."

"임신한 지는 얼마나 되었답니까?"

"4개월째 접어들어서야 임신 사실을 알았다고 합니다."

"남자한테는 임신 얘기를 했답니까?"

"네, 며칠 전에 말했답니다. 조카딸의 입에서 임신 얘기가 나오자 벌벌 떨기만 하고 말을 못하기에 그 자리에서 속이 후련할 정도로 흠씬 두들겨 패 주었다고 합니다."

"아니, 왜 상대를 두들겨 패주기부터 했답니까?"

"무조건 모든 책임을 지겠으니 조금도 염려 말라고 하면서 수고했다고 위로의 말은 못 해줄망정 졸장부처럼 벌벌 떨면서 어쩔 줄 몰라 하기에 자기도 모르게 욱하고 화가 치밀어서 우선 흠씬 두들겨 패주기부터 했답니다."

"조카딸은 혹 태권도나 합기도 유단자입니까?"

"아니 그렇지는 않지만 성질이 좀 급하고 힘깨나 쓰는 통에 대학 때는 역도선수였던 일도 있습니다."

"아무래도 조카딸은 여걸(女傑)인 것 같습니다. 그쯤 되면 상의하고 말고 할 것도 없을 것 같습니다. 그래 상대자를 흠씬 두들겨 패주고 나서 어떻게 하기로 했답니까?"

"한 달 안으로 결혼식을 올리기로 우선 합의를 보았답니다."

"양가의 승낙은 어떻게 받기로 했답니까?"

"우선 자기를 데리고 예비 시부모한테 데리고 가서 이 사실을 알리고 무슨 수를 쓰더라도 결혼 승낙을 받아내어 한달 안에 결혼식을 올리기로 합의를 보았답니다. 그 다음에 조카딸의 부모인 제 언니와 형부한테도 결혼 승낙을 받아내기로 단단히 약속을 받아냈다고 합니다."

"그건 전부 누구의 머리에서 나온 구상입니까?"

"물론 조카딸의 아이디어입니다."

"자초지종을 다 듣고 보니 어쩐지 처음부터 장고 치고 북 치고 한 조카딸의 자작극인 것 같은 느낌이 듭니다."

"어쩌면, 저도 그런 생각이 들기에 따져 물어 보았는데 교통위반은 뜻밖에 그렇게 된 것이고 임신 후의 일은 자기 머리로 꾸민 것이고 남자를 패주던 날에 그에게서 약속 받은 것이라고 고백했습니다."

"어쨌든 조카딸의 계획대로라면 일사천리로 이번 혼사는 잘 될 것 같은데 무엇이 문제입니까?"

"그래도 호사다마(好事多魔)라고 양가로부터 정상적인 방법으로 승낙받은 혼사가 아니라서 혹 중간에 무슨 마(魔)가 끼어들지 몰라서 미리 선생님께 상의드리는 겁니다."

"내가 생각하기에는 조카딸의 줏대가 워낙 강해서 모든 일이 잘 진행될 것 같습니다. 조카딸의 부모가 반대할 리는 없고 만약에 남자의 부모가 어떻게 나올지 미지수이긴 한데, 그

건 그때 가서 최선을 다해서 이치와 사리와 경우에 맞게 처리해 나가면 잘 될 것입니다.

최악의 경우 남자에게 약혼자가 있거나 그 밖에 불의의 문제가 돌출된다고 해도 그들 남녀의 결혼 의지만 확실하다면 아무 문제도 없을 것입니다. 그들 둘은 여자 28세, 남자 25세의 직장을 가진 경제력을 가진 성인들입니다. 천지개벽이 일어나지 않는 한 그들의 앞길을 누가 막을 수 있겠습니까?"

이때 옆에서 열심히 귀를 기울이고 있던 오십대의 남자 수련생이 말했다.

"요즘은 날아갈수록 여자들의 기세가 점점 더 하늘 높은 줄 모르고 올라가는 것 같습니다. 군대에서는 비행기 조종사나 함장(艦長)까지도 여자들이 차지하는가 하면 육군사관학교 졸업식에서는 으레 여자들이 1, 2, 3 등은 모조리 싹쓸이하고 있습니다.

그전에는 처녀들이 남자한테 정조 빼앗기고 징징 울고 했었는데 요즘은 총각들이 처녀에게 정조 빼앗기고도 오히려 매맞고 협박당하고 울며 겨자먹기로 결혼을 강요당하곤 합니다. 이게 무슨 현상입니까?"

"역학(易學)에서는 곤도수(坤度數)가 강해서 그렇다고 합니다."

"곤도수가 무엇입니까?"

"태양계가 황도대를 지나면서 1만년에 한번씩 맞이하는 음양 기운의 교체기마다 일어나는 현상입니다. 지구에서는 여자가 무시당하고 천대받던 1만년 동안의 가부장적인 부계시대를 마감하고 이제 바야흐로 새로운 모계시대가 시작된 것입니다."

"그럼 앞으로 1만년 동안이나 여자의 전성기가 계속된다는 말인가요?"

"그렇습니다. 여자의 전성기라고 하지만 이 고비만 지나면 진정한 남녀평등 시대가 열리게 됩니다. 좀 더 자세한 알고 싶으면 『도전(道典)』을 읽어보시기 바랍니다."

전술 핵무기 재반입 문제

2017년 4월 8일 토요일

우창석 씨가 말했다.

"요즘 미국에 트럼프 행정부가 들어서고 대북 강경 자세가 정착되면서 미군이 한반도 남부에서 미국 본토로 반출해 갔던 전술 핵무기를 도루 반입해야 한다는, 전에도 일었던 여론이, 다시 고개를 들고 있습니다.

북한이 이미 각종 핵무기를 개발해 놓고 단거리 중거리 대륙간 탄도 미사일까지 개발해 놓았는데 미래의 가장 직접적인 피해 당사국인 우리만 손 놓고 있을 수는 없는 거 아니겠습니까?"

"그렇지 않아도 이제 와서 우리가 새삼스레 핵무기를 개발하느라고 동맹국 및 국제 사회와 마찰을 빚을 것이 아니라 기왕에 미국이 북한에 대항하여 주한 미군용으로 개발해 놓았던 전술 핵무기를 이번 기회에 반입하는 것이 좋을 것 같다고 생각했습니다.

그러나 텔레비전 종편 대담들에서 전문가들의 얘기를 듣고는 전술핵무기 재배치가 우리에게 반드시 유리한 것만은 아니라는 것을 알았습니다. 각종 전술 및 전략 핵무기들은 이미 괌과 일본의 미군 기지들에 구비되어 있어서 유사시에는 이들 미군기지에서 발진하는 미군의 최첨단 폭격기들에 실려 북한의 기지들을 강타하는 것이 남한 기지들에서 발진하는 것보다 훨씬 더 효과적이라고 합니다."

"그건 그렇고 북한은 앞으로 어떻게 될 것 같습니까?"

"그거야 이미 트럼프가 중국의 시진핑에게 중국이 북한 핵미사일 문제를 해결 못하면 미국이 나서겠다고 말했으니 좀 더 지켜보아야 무슨 그림이든지 유곽이 드러날 것입니다. 그러나 김정은 체제가 무너지지 않는 한 북한은 지금 못지않은 골칫덩이로 계속 남아있게 될 것입니다.

다시 말해서 북한은 여전히 폐쇄적이고 군사력만을 계속 증강하는 이상한 집단으로 생존하게 될 것입니다. 다시 말해서 국제 사회와는 동떨어진, 주민들이 반 이상 굶어 죽어도 여전히, 한국에 대한 적화통일의 기치를 높이 들고 군사력 증강에 매진하게 될 것입니다.

북한에 대한 미국의 경제 금융상의 압살 정책이 어디까지 갈지 또한 지켜보아야 할 것입니다."

문 후보의 안보관

2017년 4월 11일 화요일

우창석 씨가 말했다.

"대통령 선거가 앞으로 28일밖에 남지 않았습니다. 대통령 선거전은 앞으로 더욱 치열해질 것입니다. 그러고 요 며칠 사이에 그동안 여론 조사에서 부동의 1위를 고수해 온 문재인 후보가 안철수 후보에게 오차 범위 이내로 간격을 좁혀오더니 이제는 안 후보가 문 후보를 따돌리는 돌변 사태가 벌어졌습니다. 이거 어떻게 된 것인지 얼떨떨할 뿐입니다.

논객들은 문 후보가 그렇게 된 것은 안보에 불안을 느낀 보수층들이 문 후보로부터 대량 이탈하여 안 후보 쪽으로 옮겨갔기 때문이라고 말하고 있습니다.

선생님께서는 문 후보가 안보 문제에서 무슨 허점들을 보였는지 혹 알고 계십니까?"

"세상에 알려지기로는 문 후보가 2010년 3월 26일에 일어난 천안함 침몰사건은 한국과 저명한 외국의 전문가 조사 팀이 사건 직후에 실시된 조사결과 각종 증거들로 보아 북한 잠수함의 소행으로 판정되었습니다.

그런데도 문 후보는 이 사실을 인정하지 않고 있다가 그로부터 5년이 지난 2015년에야 겨우 북한의 소행임을 인정했습니다.

이러한 그의 태도를 보고 어떤 사람은 그가 대통령이 되어서도 그런 식으로 늑장 대응을 한다면 어떻게 신속성이 바로 생명인 국가 안보를 그에게 맡길 수 있겠느냐고 비아냥대기도 했습니다.

그뿐 아니라, 문 후보는 휴전선에서의 대북 전단 살포를 반대한 것으로도 널리 알려져 있습니다.

그런가 하면 사드 문제가 제기되었을 때는 다음 정부에 맡겨야 한다고 말했습니다. 이러한 그의 안보관을 지켜본 국민들은 실망을 하지 않을 수 없었습니다.

게다가 설상가상으로 얼마 전에 그는 "내가 대통령이 되면 미국이나 다른 어느 나라에 가기 전에 제일 먼저 북한을 방문할 것이고 개성공단을 즉각 재가동할 것이며 금강산 관광도 다시 시작할 것이다"라고 말했습니다.

이 발언이 문제가 되자 문 후보 진영에서는 문 후보가 북한에 가겠다고 말한 것은 핵과 미사일 문제를 해결하기 위하여 북한에 갈 기회가 있으면 가겠다고 말한 것이 잘못 와전된 것이라고 둘러대기도 했지만 두 귀가 엄연히 뚫려 있는 국민으로서 누가 그런 변명을 곧이들으려 하겠습니까?"

"저는 문 후보의 안보관은 노무현 정부 대통령 비서실장을 할 때 이미 그 실상을 드러냈다고 봅니다."

"대통령 비서실장이었는데 어떻게 안보관이 문제가 될 수 있겠습니까?"

"대통령 비서실장이면 2007년 10월에 있은 10.4 남북 공동성명의 한국측 밑그림은 그에 의해 그려진 것으로 보아도 됩니다. 그때도 노무현 전 대통령은 휴전선 북방한계선은 북의 주장대로 인천 앞 바다로 해주어야 한다고 그 전부터 이미 공언한 일이 있었으니까요.

10.4 공동성명은 노무현 대통령과 김정일 위원장 사이에 정식 조인되고 이후 한국에서 다른 정부가 들어서도 바꿀 수 없게 쐐기까지 박아놓았지만 우리 군부와 다수 국민의 반대로 사문화되었습니다.

만약 10.4 공동 성명이 실현되었다면 서울, 인천을 포함한 대한민국의 수도권은 북한의 통치하에 들어가고 말았을 것입니다.

여기서 문제가 되는 것이 하나 있습니다. 즉 북방한계선, 천안함 사건, 사드 문제는 가장 민감한 안보 사항이라는 것입니다. 어찌 보면 그에 대한 견해 여하에 따라 대한민국의 존폐가 달려있는 중차대한 문제가 아닐 수 없습니다.

가령 천안함 침몰은 북한의 소행이라는 것이 사건 직후에 밝혀졌건만 미국 잠수함과의 충돌 사고일 수도 있다는 견해에 문 후보가 사건 후 5년 동안이나 기울어져 있었다면 어떻게 되겠습니까?

게다가 3년 전에 일어난 세월호 침몰 사고도 괴 잠수함과의 충돌로 빚어진 것이라는 유언비어가 최근까지도 가시지 않고 있었는데 세월호가 목포항에 부두에 인양된 후에는 아예 쏙 들어가 버리고 말았습니다.

왜냐하면 세월호에는 누가 보아도 잠수함과 충돌한 흔적은 찾아볼 수 없기 때문입니다.

아무리 생각해보아도 이들 유언비어들은 이명박 정부 초기에 광우병 소동을 날조해 낸 정치집단의 소행과 맥을 같이하고 있음을 아무도 부인할 수 없게 되어 있습니다.

바로 그 출처가 친북 성향이 농후한 모 정치 집단인데 문 후보가 그 집단과 깊은 관계가 있었다면 어느 유권자가 그에게 표를 주려고 하겠습니까?"

"그뿐만 아니라 한 텔레비전 대담 프로에서 문 후보는 자기가 대통령이 되면 젊은이들의 일자리 창출을 돕기 위해 정부 안에 중소기업청을 신설하고 지속적으로 불공평하고 불공정한 적폐를 청산하겠다고 공약했습니다. 이 말은 노무현 정부 말기에 있었던 취로 사업을 생각나게 합니다.

노무현 정부는 부자와 가난한 사람들 사이의 소득 격차를 없애고 공평하고 공정한 사회를 만들어야 한다면서 부자들에게 각종 세금을 이중삼중으로 부과하여 걷어들인 돈으로 가난한 사람들을 잘 살게 한다면서 대대적인 취로사업(就勞事業)을 벌였습니다.

사업가들이 공장을 지어 취업을 하게 하여 항구적으로 월급을 받게 하는 것이 아니고 정부가 주동이 되어 각종 도로 보수 같은 임시적인 사업을 벌였습니다. 이 사업을 감리 감독할 인원이 필요하다고 하여 10만 명의 공무원을 또 새로 뽑았습니다.

선진국들에서는 공무원을 어떻게 해서든지 축소하여 국민의 부담을 줄이려고 작은 정부 만들기에 혈안이 되어 있건만 우리는 그 반대의 길을 가고 있었습니다.

아닌 게 아니라 과다한 세금 때문에 국내에서는 영업 수지가 맞지 않는다고 사업가들은 공장을 중국, 베트남, 인도, 미국 같은 사업하기 좋은 나라로 공장을 옮기기 시작했습니다.

그 결과 경제는 크게 후퇴하고 극빈자 수는 그 전보다 두 배나 더 늘어났습니다.

그 결과 17대 대선에서 노무현의 바통을 이어받은 정동영 후보는 530만 표 차이로 이명박 후보에게 대패했습니다. 문 후보의 중소기업청 신설 구상은 노무현 전 대통령의 대대적인 취로 사업 실패를 대부분의 유권자들에게 상기시켜주고 있습니다."

욕심과 양심

자영업을 한다는 60대의 손대영이라는 수련자가 손을 들었다.

"저도 질문이 하나 있는데 말씀드려도 되겠습니까?"

"좋습니다. 어서 말씀하세요."

"저는 요즘 유독 다른 어느 때보다도 꿈자리가 사나워서 잠을 설치고 나면 단잠을 이루지 못하고 뜬눈으로 밤을 지새는 일이 자주 일어납니다. 이렇게 잠을 설치고 난 다음날에는 도대체 되는 일이 없습니다. 머리가 흐리멍덩하니까 엉뚱한 실수를 자꾸만 저지르게 됩니다. 이런 때 무슨 대책이 없을까요?"

"대책이 왜 없겠습니까? 있습니다."

"그럼 그 대책을 좀 말씀해 주시겠습니까?"

"그러죠. 한마디로 말해서 사욕(私慾)을 없애 버리면 됩니다."

"사욕이 무엇입니까?"

"욕심입니다. 그러니까 욕심에서 떠나버리면 누구나 깊고 단 잠을 잘 수 있습니다. 나는 50대 중반까지만 해도 손대영 씨처럼 단잠을 이루지 못하고 늘 악몽에 시달리곤 했습니다.

그러다가 선도 수련을 하게 되었고 악몽에 대해서도 연구를 좀 했습니다. 결론적으로 말해서 악몽은 깨어 있을 때 이루지 못한 욕망, 욕심, 사욕을 충족시켜주지 못한데서 야기된 잠재의식의 반발 작용이 그 원인이라는 것을 알게 되었습니다.

원인을 알았으니까 그 악몽의 원인인 욕심만 없애버리면 된다는 것을 알았습니다. 이제 나에게 남은 과제는 어떻게 하면 욕심을 없애 버릴 수 있을까 하는 것이었습니다.

나는 그 방법을 열심히 연구하기 시작했습니다. 그러자면 욕심이 무엇인가를 우선 알아야 했습니다.

욕심이란 내가 일상생활을 하면서 남들과 상대할 때 그들보다 재물이나 명예에서 우월해지고 싶은 욕망을 말합니다. 그러나 대개의 경우 남들 역시 나와 똑 같은 욕망을 가지고 있으므로 그것을 성취하기 어렵습니다.

사람들이 서로 남에게 지지 않고 자기 욕심을 채우려고 애쓰는 한 그리고 서로가 그 욕심을 줄이지 않는 한 누구든지 영원히 그 욕망을 성취하기는 불가능합니다.

사람들이 꾸는 악몽은 현실 생활에서 이루지 못한 욕심을 이루려는 잠재의식의 허황된 몸부림이기 때문입니다."

"요컨대 악몽을 없애는 방법은 욕심을 없애거나 줄여나가야 한다는 말씀이시군요."

"그렇습니다."

"저도 그 말씀에 찬성합니다. 그러나 그 욕심을 줄이는 특이한 방법이라도 있는지요?"

"물론 처음부터 욕심을 없애버리라고 말한다면 누구나 실천하기 어려울 것입니다.

그러나 남과의 거래를 빈틈없이 하여 평소에 신용을 구축해 놓으면 누구나 욕심을 부리지 않아도 이웃과의 사이가 불편해지는 일은 없어지게 될 것입니다. 이웃과의 불편한 관계가 바로 악몽의 원인 제공자니까요.

따라서 부지런하고 검소한 생활에 익숙해지면 욕심 따위 부리지 않아도 능히 이 세상을 편안하게 살아갈 수 있다는 것을 알았습니다.

이러한 생활을 누구나 다 실행하게 해 보려면 이웃과 이권 문제로 말썽이 생겼을 때 나는 이유 여하를 막론하고 속으로 모든 것은 내 탓이라고 생각하기로 했습니다.

마음을 그렇게 먹으니까 처음엔 손해를 보는 것 같아도 의외로 일이 수월하게 술술 잘 풀려나갔습니다.

여기서 한발 더 나아가 여인방편자기방편(與人方便自己方便) 즉 남에게 잘해 주는 것이 나에게 잘해 주는 것이다라는 격언을 거울삼아 살아가고 있습니다.

나는 이렇게 일상 생활하는 방법을 바꾼 뒤로는 그전까지 지속되어 오던 꿈자리가 사나워서 잠을 설치는 일이 일체 없어졌습니다."

"이웃과 이권을 놓고 문제가 발생했을 때 일체가 내 탓이라는 겸손한 자세와 남에게 잘해 주는 것이 나에게 잘해 주는 것이라는 격언은 꼭 가슴에 새겨 놓겠습니다."

"가슴에 새겨만 놓고 일상생활에 실천을 하지 않는다면 무슨 소용이 있겠습니까?"

"아뇨. 저도 선생님께서 30년 전에 하신 대로 꼭 실천을 해 보겠습니다."

"그래요. 고맙습니다. 반드시 손대영 씨의 후일담을 기다리겠습니다."

과연 그로부터 석 달쯤 뒤에 찾아온 손대영 씨가 말했다.

"과연 선생님이 말씀해 주신 대로 매사에 내 이익에 앞서 상대의 이익을 먼저 생각해 주니까 모든 일이 뜻밖에도 술술 잘도 풀려나갔습니다.

남에 대한 배려가 이렇게도 좋은 이웃을 만들어주다니 정말 놀랐습니다. 나보다도 남을 먼저 생각해주었는데 무엇 때문에 이웃 간의 사이가 이렇게 금방 부드러워졌는지 놀라울 지경입니다. 그 이유가 무엇일까요?"

"원래 나와 남은 하나였기 때문입니다. 그렇기 때문에 이웃과 피를 흘리며 싸우던 사이라도 이 진리를 깨달은 사람이 먼저 사과를 하고 우리 이웃 간에 잘해 봅시다 하고 말하면 바로 그 '우리'라는 말 한마디에 자기도 모르게 불끈 힘이 솟는 것은 우리는 원래 하나였기 때문입니다."

"무슨 말씀인지 알 것 같기도 하면서도 알쏭달쏭 합니다."

"하나이면서 전체고 전체이면서도 하나인 이치를 깨달으면 이상할 것도 없습니다."

"그럼 그 하나와 전체는 무엇입니까?"

"그것은 아무것도 아닙니다."

"아무것도 아니라뇨? 아무 보잘 것 없는 존재라는 말씀입니까?"

"물론입니다. 아무것도 아닌 허공이면서도 그 속에 우주 전체가 다 들어있습니다."

"너무나도 귀중한 말씀 같아서 저도 좀 연구를 해 보아야 할 것 같습니다. 아무래도 하나가 전체라는 말에 무슨 비밀이 숨겨져 있는 것 같습니다."

"옳게 보셨는데요. 뭘. 이제 조금만 더 나아가면 견성(見性)을 하시게 될 것 같습니다."

"과찬의 말씀이십니다. 견성이라면 저 같은 속물이 하는 것이 아니라고 봅니다."

"그렇지 않습니다. 견성이란 알고 보면 진솔한 사람이면 누구나 다 할 수 있는 것으로서 바로 하나와 전체의 관계 속에 숨어 있는 것이 사실입니다."

"견성이 무엇인데요?"

"글자 그대로 성(性)은 진리고 견(見)은 보는 것이니까 진리를 보는 것을 말합니다?"

"진리가 무엇인데요?"

"진리가 바로 양심입니다."

"양심이 무엇인데요?"

"양심이 바로 하늘입니다."

"그럼 견성은 자기 자신 속에서 양심과 하늘을 동시에 보았다는 말인가요?"

"그렇습니다."

"그럼 양심과 하늘은 어떤 차이가 있습니까?"

"본질은 같고 쓰임이 다를 뿐입니다. 견성과 성통(性通)이 본질은 같지만 쓰임이 다른 것과 같습니다."

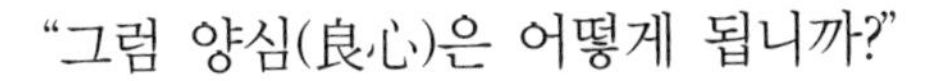

“그럼 양심(良心)은 어떻게 됩니까?”

“양심은 사람의 바른 마음입니다. 그래서 우리 조상들은 아득한 옛날부터 사람은 곧 하늘이라고 하여 인내천(人乃天)이라고 했습니다.”

“그렇다면 사람의 바른 마음인 양심이 곧 하늘이라는 뜻이 되는군요.”

“그럴 수밖에 더 있겠습니까?”

“결국은 욕심이 문제였습니다. 욕심을 없앤 사람은 어디서든지 누웠다 하면 곧 잠에 떨어지는 이유를 이제야 확실히 알 것 같습니다.”

“그리고 욕심을 없애는 방법도 양심대로만 살면 누구나 금방 터득할 수 있다는 것도 알 것 같습니다.”

“그렇고말고요.”

“그럼 평생 사업이나 인생의 성패가 달려있는 심복이나 동업자나 배우자를 구할 때도 어떤 구실을 붙여서든지 하룻밤 같이 자 보면 욕심과 양심의 유무를 알 수 있겠군요.”

“그렇고말고요. 단지 미래의 배우자와는 결혼도 하기 전에 같이 자 볼 수 없으므로 누나나 친척 여자를 시켜서 어떻게 하든지 같이 자 보게 하면 될 것입니다.”

“그럼 열 길 물속은 알아도 한 길 사람 속은 알 수 없다는 격언도 믿을 것이 못되겠는데요."

"과연 그렇겠습니다."

"그 중에서도 동업자와 미래의 동반자를 선택해야 할 사람은 양심과 욕심의 유무나 수련의 정도를 알아볼 수 있는 지름길로써 어떻게 해서든지 하룻밤 함께 자 보는 것이 좋을 것 같습니다."

한국은 중국의 일부였나?

2017년 4월 20일 목요일

우창석 씨가 말했다.

"최근 미국의 플로리다(Florida)주 마라라고 별장에서 있은 미, 중 정상 회담에서 시진핑 주석은 트럼프 대통령에게 '한국은 원래 중국의 일부였다'고 말하고 트럼프는 시진핑에게서 역사 강의를 받았다고 말한 것으로 외신들은 보도하고 있습니다.

도대체 우리나라가 언제 중국의 일부였던 일이 있습니까? 어느 사서(史書)에 그런 사실이 기재되어 있는지 선생님께서는 알고 계십니까?"

"나도 그런 외신은 들었지만 어느 사서에 그런 사실이 기재되어 있다는 말은 들어보지 못했습니다.

사마천(司馬遷)의 사기(史記)와 중국 정사(正史)인 이십오사(二十五史) 어디에도 한국이 중국의 일부였다는 기록이 있다는 말은 들어본 일이 없습니다. 만약에 그러한 사실이 사기나 정사인 이십오사에 기록되어 있었다면 지금까지 내가 그 사실을 모르고 있을 리가 없습니다.

그리고 설령 그런 사실이 사기나 이십오사 같은 권위있는 사서에 기록되어 있었다면 한국은 지금처럼 독립국가로 존재할 수 없었을 것이고 겨우 중국의 일개 성(省)으로 존재하면서 주민들은 한국어 대신에 중국어를 사용할 할 수밖에 없었을 것입니다."

"그럼 이걸 어떻게 해석해야 합니까?"

"혹 중국이 2002년부터 5년 동안 동북역사공정(東北歷史工程)이라는 역사개조 작업을 실시한 일이 있는데 그 일과 관련이 있는 건 아닌지 모르겠습니다."

"동북역사공정이란 것이 도대체 무엇입니까?"

"한국을 포함한 동북 즉 만주 지역에 있었던 중국과 당당하게 맞서는 건원칭제(建元稱帝) 국가였던 고구려나 발해와 같은 나라를 중국의 한 지방을 다스린 지방 관청으로 격하시키는 역사 날조 사업이라 할까 그런 개조 작업을 말합니다."

"그렇다면 설사 고구려와 발해가 그런 개조 작업에 포함되었다고 해도 그 나머지인 신라와 백제는 그 작업에 포함되지 않았습니다. 그런데도 불구하고 한국이 통틀어 중국의 일부였다고 말한 것은 무슨 저의에서였을까요?"

"그거야말로 일본이 임나일본부(任那日本府)라는 어느 사서에도 기록되어 있지 않는 것을 날조하여 4세기 후반에 한반도 남부를 지배했었다고 저들의 교과서에서도 가르치고 실제로 1910년에 한국을 35년 동안 강점하는 구실로 삼았던, 제국주의적 영토 침략 근성을 그대로 드러낸 것이라고밖에 달리 해석할 방도가 없을 것입니다. 4세기 후반에는 일본이라는 나라 이름조차 생겨나기 전이었으니까요."

"그럼 그때 일본은 뭐라고 불렀습니까?"

"환단고기에는 삼도(三島), 삼국사기 등에는 왜(倭)라고 기록되어 있습니다.

영토와 영유권에 관한 문제는 과거에도 숱하게 있었던 사건이므로 정부 당국자가 잘 알아서 처리하겠지만, 이번 기회에 나는 과연 어느 나라가 제일 먼저 1만 년 전 아득한 옛날에 무주공산(無主空山)이었던 동북아시아 대륙에 제일 먼저 진출하여 문화의 꽃을 피웠는가 하는 것을 밝힘으로써 지금의 중국 영토의 원 주인이 누구인가를 명확하게 알려둘 필요가 있다고 생각합니다.

그렇게 하면 한국 영토가 과거 중국 영토의 일부였던 것이 아니라 사실은 지금의 중국 영토가 한국 영토의 일부에 지나지 않았다는 놀라운 사실을 전 세계에 알리는 계기가 될 수 있을 것입니다."

"그럼 역사의 첫 장을 여는 9216년 전에 7세에 걸쳐 3301년 동안 지속되었던 환국(桓國)의 역사부터 시작되어야겠군요."

"물론입니다."

"그때 환국의 영역은 어떻게 되죠?"

"환국은 단순한 한 개의 나라가 아니고 12개의 나라를 아우르는 대연방국이었습니다."

"그 환국이라는 대연방국의 위치는 어디였습니까?"

"지금의 중동, 파밀 고원과 바이칼 호수를 중심에 둔 남북 5만리 동서 2만리에 달하는 유라시아에 걸쳐 있었습니다. 1만년 전 동 시베리아는 땅속에서 냉동된 매머드가 발굴되는 것으로 보아 기후가 지금과는 달라서 농사지으면서 사람이 살기에 적합했습니다."

"그때 그렇게 광범위한 영토를 차지한 환국은 어떻게 주민들을 다스릴 수 있었습니까?"

"다섯 가지 가르침인 오훈(五訓)과 『천부경(天符經)』이 있었습니다. 환국은 일곱 분의 환인천제(桓因天帝)에 의해 3301년 동안 다스려졌습니다. 이 사실은 삼성기(三聖紀)와 삼신오제본기(三神五帝本紀)라는 『환단고기』 속에 포함된 기록에 나옵니다.

환웅천황 7세 3301년의 환국 다음으로 18세 1565년의 배달국의 환웅천황(桓雄天皇) 그리고 단군천황 47세 2096년의 단군조선이, 그 뒤로 고구려, 신라, 백제, 통일신라, 발해, 고려, 조선, 대한제국, 대한민국으로 국가의 명맥을 이어왔습니다.

우리가 환국을 세우고 나서 배달국 14대 자오지 천황 때인 기원전 2679년 즉 환국이 세워진 후 4천 5백년쯤 뒤에야 중국의 시조인 황제헌원(黃帝軒轅)이 사기(史記)에 처음으로 등장합니다.

그러니까 동북아에서 중국 역사는 한국 역사보다 무려 4천 5백년 후에야 겨우 명함을 내놓게 된 것입니다. 그 후 진(秦), 한(漢). 당(唐)이 역사 무대에 등장하기까지 동아시아를 지배한 나라는 환국, 배달국, 단군조선이 이 지역의 유일한 초강대국으로 군림하면서 한자(漢字)와 역학(易學)을 비롯한 동양 문화의 꽃을 피웠던 것입니다.

그때 배달족은 중원 천지의 비옥한 동해안과 중부 지대를 차지하고 있었습니다. 그래서 『환단고기』를 비롯한 각종 고서들은 배달족 이외의 외래 족속들이 살던 지역을 서토(西土)라고 했고 그 주민들을 서토인(西土人)이라고 불렀습니다.

자 이쯤 되면 동북아 고대사의 진짜 주인이 한국인지 아니면 중국인지 명백해진 것이 아닐까요? 그리고 중국이 한국의 일부였는지 한국이 중국의 일부였는지 자연히 밝혀졌다고 말할 수 있을 것입니다."

"그러나 아무리 우리가 저들을 고대에 4천 5백 년 동안을 다스려 왔다고 해도 지금으로부터 2천 5백 년 전 춘추 전국시대 이후로는 저들 서토인들이 자기네 실력으로 우리의 장악에서 차츰차츰 벗어나 한(漢) 당(唐) 원(元) 명(明) 청(淸) 그리고 6.25 전쟁 때는 중공군이라는 이름으로 참전함으로써 한국군은 물론이고 미군과 싸워왔습니다.

바로 이러한 인연으로 트럼프 미국 대통령은 시진핑 중국 주석과 미국 플로리다 주에 있는 마라라고 별장에서 북핵 문제를 다루기 위하여 1박 2일 동안 침식을 같이하면서 3시간 동안 밀담을 나누었다고 합니다.

트럼프 대통령은 이 자리에서 시진핑 주석으로부터 중국과 한국의 역사 강의를 받았다면서 그의 사학(史學) 제자답게 한국은 역사적으로 사실상 중국의 일부였다고 말했습니다. 물론 이 회담도 얄타와 포스담 회담처럼 우리의 어깨 너머로 이루어진 회담입니다."

"그 얘기를 들으니까 정신이 번쩍 드는 것 같습니다. 우리는 한가하게 상고사나 자랑할 때가 아닙니다. 1백 년 전 대한제국처럼 우리의 운명을 강대국들의 협상에 맡기는 약소국에서는 어떻게 해서든지 한시바삐 벗어나는 것이야 말로 우리가 당장 착수해야 할 초미의 긴급사라고 해야 하겠습니다.”

【이메일 문답】

천안의 안진호입니다

선생님 안녕하세요.

저는 천안에 살고 있는 안진호입니다.

선생님 제가 작년에 메일을 보낸 것을 『선도체험기』 113권에 실어 주셔서 진심으로 감사드립니다.

『선도체험기』를 택배로 신청하여 받아서 차례를 보고 있는데 이메일 문답란에 왠지 제가 보낸 메일이 아닌가 생각이 들었습니다.

첫번째 메일 185페이지 '담배를 못 끊어서' 와 195페이지 '뜻밖의 전화' 이 두 이메일이 올라 온 것을 보고 놀라기도 하고 신기하기도 하고 조금은 부끄럽기도 하고 많은 감정이 들었습니다.

그리고 실명으로 올라와서 더 놀라기도 했습니다. 다른 분들 이메일 문답을 볼 때 실명이 아니라 가명으로 올라오는 줄 알았거든요.

글 솜씨도 없고 아직 삼공선도도 정성으로 하지 못하는 못난 저에게 이런 큰 기쁨을 주셔서 다시 한번 감사드립니다.

『선도체험기』의 아주 소중한 지면에 제 이메일이 올라 왔다는 게 크나큰 영광이며 감동입니다.

저번에 선생님께서 직접 전화 주셨을 때처럼 『선도체험기』를 같이 보고 있는 친구들에게 바로 연락하여 자랑하였습니다.

친구들도 부러워하면서도 정신 차려서 더 열심히 수련하라고 올려 주셨을 거라면서 다 같이 기쁨을 나누었습니다.

선생님 제가 다시 한번 마음을 잡고 삼공선도 공부를 시작하려고 합니다.

겨울이라고 춥다고 게을러지고 나태해졌던 제 모습에 후회도 되지만 다시 일어서서 더욱더 열심히 삼공선도 공부를 시작하려고 합니다.

저번 주에는 등산을 하면서 천지신명, 보호령, 지도령, 조상령, 삼공선생님, 주변 모든 분들에게 감사하다는 염원을 보내고 천부경을 계속 외웠습니다. 잠시 시간이 지나자 머리 전체에 강력한 기운이 느껴지고 기운의 보호막 안에 들어가 있는 느낌을 받았습니다.

그리고 정확하지는 않지만 정수리 부분에서 무언가 빠져나가는 느낌 혹은 잡아당기는 듯한 느낌이 지속됐습니다.

잠시 후 기운이 점차 사라지면서 마음은 평안해지고 나무 한 그루, 바위, 흙 등 모든 것에 감사한 마음이 들었습니다.

그리고 머릿속에 계속 맴도는 글귀가 있어 메모장에 적어 보았습니다.

'내가 지금 여기 존재할 수 있는 이유는 보이든 보이지 않든 느껴지든 느껴지지 않든 모든 분들의 도움을 받아 존재할 수 있다는 것을 깨닫게 되고 감사한 생각이 기운으로 가득하고 마음으로 가득하다'

이런 감사한 마음으로 산행을 하니 항상 힘들고 두려웠던 가파른 산길이 그저 덤덤하게 느껴졌습니다.

그리고 수양을 하면서 기운으로 체험을 해야 『선도체험기』에 쓰여진 내용들이 더욱더 마음 깊이 이해하게 되는 것을 느낍니다.

선생님 생식도 다시 시작하려고 합니다.

생식도 꾸준히 먹고 『선도체험기』도 모두 독파하고 (91권째 읽고 있습니다.)

단전에 기운도 느끼고 선생님 찾아뵙고 싶습니다.

항상 가르침을 주심에 감사드립니다.

건강하시길 기원드립니다.

감사합니다. 선생님.

안진호 올림

질문 : 선생님 제가 제대로 설명을 한 건지는 모르겠으나 혹시 위에 현상이 어떤 현상인지 궁금합니다.

추신 : 선생님 선공은 빼고 표준생식 4통 주문하려고 합니다. 금액을 알려주시면 바로 계좌로 송금해 드리겠습니다.

【필자의 회답】

'위의 현상'은 안진호 씨를 아끼는 사람과 하늘의 보호령들이 돌보아주고 있다는 것을 말해주는 겁니다. 계속 수련에 용맹정진해 주기바랍니다.

수련 점검을 받고 싶습니다

선생님 안녕하십니까.

저는 경산에 사는 양창현입니다.

지난 4월 15일 『선도체험기』 113권을 구입하고 선생님께 사인을 받았습니다. 경산으로 내려가는 기차에서 『선도체험기』를 펼쳐 들고 목차를 살피던 중 눈에 익은 문장을 발견했습니다. 바로 제가 선생님께 보낸 메일이었습니다. 그 순간 기쁨과 부끄러움이 휘몰아 쳤습니다.

그동안 『선도체험기』에 수록된 독자들과의 메일 문답을 읽으면서 내심 그 용기가 대단하고 부러웠습니다. 종종 『선도체험기』에 내 메일도 수록되는 날이 올까하고 상상의 나래를 펼쳐보곤 했던 저에게 『선도체험기』 113권은 그야말로 뜻밖의 선물과도 같았습니다. 감사합니다. 선생님 ^^

아울러 다음 방문시에 선생님께 수련 점검을 받을 수 있을지 문의 드리고자 합니다.

몸공부는 평일 2시간 걷기(체중이 많이 나가 조깅은 아직

무리라고 판단되어 걷기로 시작하고 차츰 조깅으로 바꾸려고 합니다.)와 주말 2~3시간 인근 야산 등산(차츰 시간을 늘려가고 있습니다.)을 하고 있으며, 도인체조는 격일로 요가와 소마틱스를 번갈아 하고 있습니다. 오행생식은 매끼 식사시 조금씩이라도 함께 먹고 있습니다. (주로 데운 우유에 꿀을 조금 타서 말아먹고 있는데 곧 오행생식 위주의 식사를 정착할 수 있게 될 것 같습니다.)

마음공부는 최근 출근하던 중 공사판에서 일하는 막노동자, 쓰레기를 줍는 할머니, 새치기를 하는 운전자, 갑자기 급정거를 하는 운전자 모두에게서 나와 그들이 다르지 않고 같은 존재들이며 본질적으로 하나에서 나온 다수라는 생각과 함께 애틋함이 가슴을 채웠습니다.

또 등산 중에 산행로에 떨어진 매화꽃잎을 보고 잘라낸 손톱과 내 몸이 본래 한 몸에서 나온 것이듯 매화꽃잎과 나도 하나에서 떨어져 나온 같은 존재라는 생각이 불현듯 솟아났습니다.

기공부는 좌선을 하면 조금 있다가 단전이 미지근하게 데워지고 가끔 뜨겁게 타올랐다가 명치까지 와서 사그러듭니다. 그리고 좌선중이나 의자에 앉을 때나 누울 때, 수시로 백회에 찌릿찌릿한 기감과 어떤 때는 머리 전체로 전기가 흐르는 듯한 느낌, 묵직한 느낌이 듭니다.

이는 삼공재 방문하기 전인 올해 초에 백회로 느꼈던 기감보다 2~3배는 더 강합니다. 며칠 전에는 저녁 6시에 머리 전체로 기감이 가득 차서 다음날 오전까지 의식적으로 호흡을 하든 안 하든 계속 느껴지기도 했습니다. 또한 비몽사몽간에 쇠정으로 제 백회를 쑤시는 것을 보기도 했습니다. 『선도체험기』에 보면 미구에 백회가 열릴 징조라고 나와 있던데 선생님께 정확한 수련점검을 받고 잘못되거나 부족한 것을 고치거나 채우고 싶습니다.

긴 메일로 자칫 선생님의 집필시간을 뺏은 것은 아닌지 염려되오며 부디 문의드린 수련 점검을 허락하여 주시길 염원하며 이만 줄이고자 합니다. 감사합니다. 선생님 ^^

2017년 4월 21일 양창현 올림

【필자의 회답】

지금 양창현 씨는 수련이 고속으로 진행되고 있습니다. 다음 삼공재에 올 때 꼭 점검을 해달라고 나에게 말해주기 바랍니다. 계속 용맹 정진하십시오.

생식 상담

책 구입과 수련하러 선생님 댁을 방문하고 싶습니다.

지난주에 삼공재 수련시 많은 도움을 주셔서 감사드립니다.

저는 하루 3번 생식 위주로 식사를 해서, 키 175cm에 체중은 65kg입니다.

얼굴이 환자처럼 보인다고 보는 사람들마다 병원에 가보라고 합니다.

저는 몸이 가벼워 날라갈 거 같은데 안색이 안 좋아 장단점이 있는 거 같습니다.

그래서 65kg을 유지하려고 생식 외에 밥, 빵 등을 간식으로 먹고 있습니다.(앞으로는 밥, 빵 대신에 생식량을 4~5숟가락을 늘릴 계획입니다.)

건강상태는 허리가 안 좋아서 가부좌나 반가부좌를 조금 합니다.

그래서 무릎을 꿇고 수련을 하고 있습니다. 무릎을 꿇고 수련을 하는 것도 처음에는 5분을 앉아 있기가 어려웠습니다.

지금은 30분 정도는 한 자세로 그대로 버틸 수 있습니다. (삼공재 수련시는 기운에 의해서 한 50분 정도는 한 거 같았습니다.)

저의 허리 상태는 MRI를 찍어보니 물렁뼈가 돌출되어 디스크 초기라고 합니다.

그동안 몸을 풀지 않고 배드민턴, 수영 등을 무리하게 하는 것도 있었지만 병원에서는 나이가 들어서 그렇다고 합니다.

병원에서는 수술을 하자고 했는데 하지 않았습니다.

허리수술은 최후의 수단이라고 해서 어떻게든 수술을 안 하고 낫고 싶었습니다.

그래서 '통증 클리닉'이라는 다른 병원을 가보았습니다.

그곳에서는 잘 걸어 다닌다고 하면서 허리가 아니라 다른 부분이 고장이 난 거 같다고 했습니다.

여러 곳을 눌러 보더니 이상근(엉치뼈근육)이라는 근육이 노환으로 경직되어서 그렇다면서 근육이완제 주사를 놓았습니다.

일주일에 한번씩 2주간 근육이완제를 맞았더니 80% 정도는 나았습니다.

그 후 등산과 도인체조를 아침, 저녁으로 꾸준히 했더니 거의 완치 되었습니다.

실은 엉치뼈 부분이 아파서 잠을 제대로 못 자고 새벽에 일어나 고생을 많이 했습니다.

운전을 하고 차에서 내릴 때 한 5분 정도는 걷지를 못하고 엉치뼈 근육 통증이 풀릴 때까지 그대로 서있었습니다.

이때 마음속에 생각난 것이 그동안 전생과 이생에 많은 죄를 지어서 내가 이렇게 아픈가 보다.

반성을 많이 했습니다. 착하고 바르게 살고 싶은데 욕심이 많아서 탈입니다.

그 후로 직장 회식자리에서 술도 안 먹고 건강관리에 최선을 다했습니다.

엉치뼈가 아픈데 아무도 저를 도와줄 사람이 없었습니다.

특히 새벽에 통증이 찾아와 잠을 자기가 어려웠습니다.

오직 저만이 그 아픔을 견디고 이겨 내어야 했습니다.

앞으로 나이가 들면 노환으로 이곳 저곳 아픈 곳이 하나 둘씩 나타날 텐데 대신 아파 줄 사람은 아무도 없겠지요.

나이 들어 고생 안 하려면 수련을 열심히 해야 되겠다고 마음속으로 다짐을 해봅니다.

저는 수련 시 『천부경』, 태을주, 『삼일신고』, 『대각경』을 처음부터 마지막 끝날 때까지 계속 외우면서 합니다.

그리고 요즈음은 삼공재에서 수련하고 있다고 상상하면서

수련하고 있습니다.

『금강경』 독송도 아침, 저녁으로 20분씩 꾸준히 하고 있습니다.

수련을 할 때는 배가 등짝으로 붙으려고 하고 회음 부분이 강력하게 조여집니다.

호흡이 부드럽게 되어야 하는데 강력하게 조였다 풀었다 반복하고 있습니다.

막상 수련을 하려고 하니 하루 동안 저에게 주어진 시간이 많지 않다는 것을 새삼스럽게 느낍니다.

그래서 저의 마음속에 매 순간마다 나타나는 과거의 생각, 미래의 생각들을 알아차리려고 합니다.

그 생각들을 알아차리고 행주좌와 어묵동정, 염념불망 의수단전을 하려고 합니다. 선생님 많은 도움 부탁드립니다.

2017년 3월 17일 구례 오주현 올림

【회답】

생식하는 사람이 밥과 빵을 드는 것은 잘못입니다. 밥과 빵이 먹고 싶은 생각이 나지 않을 정도로 생식량을 늘여야 합니다. 이것을 꼭 실천하기 바랍니다.

그리고 오주현 씨는 1968년생이니까 지금 49세로 내가 보기에는 한창 일할 나이입니다. 나이에 너무 구애받지 말고 지금부터라도 건강만 회복하면 얼마든지 큰일을 위하여 새 판을 짤 수 있다는 자신감을 가져야 할 것입니다.

앞으로 시간이 흐를수록 인간의 수명은 길어질 것입니다. 백세 인생 운운하던 때가 엊그제 같은데 어느새 150세 인생을 말하고 있지 않습니까? 힘내십시오.

『선도체험기』 다시 읽기

삼공재에서 새 책을 구입하여 『선도체험기』를 처음부터 다시 읽고 있다. 과거 책은 색깔이 검어져 읽기가 힘들었는데 새 책을 읽으면서는 먼저 손을 깨끗이 씻고 깨끗하게 보려고 노력을 했다.

한번도 안 읽어 본 것처럼 신선하고 재미가 있다. 잘 읽혀진다. 책을 읽고 있으면 삼공재에서 수련을 하는 것처럼 먼저 허리가 반듯이 펴지고 배가 등짝으로 붙은 다음에 온몸을 조이고 풀고 그런다.

회음부분을 조이면서 하는 호흡이 저절로 된다. 그리고 어떤 기운에 의해 몸 구석 구석을 빨래 짜듯이 짠다. 이 과정이 끝나면 무슨 과정이 나올지 기대된다.

찰나의 순간을 단전을 의식하고 호흡을 하고 싶은데 잘 안된다. 『선도체험기』를 읽을 때와 삼공재에서는 잘되는데 다른 것을 할 때는 잊어버리고 만다. 찰나의 순간에 단전에 집중하면서 호흡을 하는 횟수가 많아지고 있기는 하다.

처음부터 잘되기를 바라는 것은 욕심이 많은 거겠지. 계속 하다가 보면 몸과 마음이 적응을 해서 저절로 호흡이 되겠지. (삼공재에 갔을 때 선생님께서 하신 말씀이 자주 생각난다. "누구나 다 되니 열심히 해보세요.")

그동안 『선도체험기』를 처음부터 다 읽었다고 다시 보지 않았는데 두 번째로 읽고 있으니 그동안 몰랐던 내용들이 새롭게 떠오른다. 먼저 축기완성, 대맥 유통, 임독 유통, 소주천, 대주천, 삼원조화신공, 오기조화신공, 천부신공이 나온다. 삼원조화신공을 해보니 장심, 상단전, 몸이 따뜻해진다. 계속 꾸준히 해야겠다. 삼원조화신공은 축기가 완성된 다음에 해야 하는 것이 맞을까?

나는 아직 축기가 완성되지 않아 하단전에 이물감도 없고 성냥갑처럼 상자가 들어가 있다는 느낌도 없다.

빵도 먹고 직장 동료들과 밥과 술을 먹었더니 몸무게가 한 달도 안되 4kg 정도 늘었다. 무엇보다도 배가 많이 나왔다. 조심해야겠다. 그동안에는 10시 정도에 자면 3시에 깨어 수련을 하고 그랬는데 요즈음은 아침 6시가 되어야 일어난다. 잠을 많이 자니 사무실에서 피곤하지도 않고 힘이 난다. 얼굴빛이 많이 맑아지고 있다는 느낌이 든다.

주말에 화엄사에서 노고단까지 등산을 해보면 2시간이 걸린다. 2시간 안에 노고단까지 간다는 것은 30대에 컨디션이 좋은 날만 가능했다. 이제 50세가 되어 2주 연속 2시간 안에 돌파했다는 것이 신기하다. 중재에서 주말마다 지리산을 오르신다는 분과 만나서 이야기를 나누었다. 1시간에 중재까지 왔다고 하니 전문산악인의 속도라고 칭찬을 해주신다.

산을 오르면서 『천부경』, 『삼일신고』, 『대각경』, 태을주를 외운다. 산을 오르면 누군가 뒤에서 밀어주는 거 같다. 아직은 축기완성이 안 되어서 그런지 내리막길에서는 무릎이 조금 아프다.

내리막길에서는 『천부경』, 『삼일신고』, 『대각경』, 태을주가 외워지지 않고 잡념이 많이 일어났다. 내려오는 시간이 30분 정도 더 걸린다. 과거에는 등산을 한 후 피로가 풀리려면 3, 4일 정도 갔는데 지금은 반나절에서 하루 정도면 피로가 다 풀린다. 등산 후에는 많이 먹힌다. 기운으로 채우면 좋을 텐데 수련 정도가 낮아서 어쩔 수가 없나 보다.

몸 이곳 저곳을 두드려보면 허리를 제외하고는 아프지 않다. 배를 때려도 아프지 않다. 허리 부분을 두드리면 아프니 아직도 허리가 다 낫지 않았다. 아마도 축기 완성과 환한 얼굴빛과 허리 낫는 게 같이 이루어지려고 그런가 보다.

아자! 아자! 힘내자!

선생님께서 누구나 다 된다고 하셨다.

그래 한번 해보자. 오주현 힘내라! 힘내라!

2017년 3월 24일

구례에서 오주현 올림

【회답】

삼원조화신공은 대주천이 된 다음에 해야 합니다. 그리고 오행생식을 하는 사람은 밥, 빵, 떡, 라면 같은 화식을 하면 안 된다는 것을 명심해야 할 것입니다. 배가 고프면 생식량을 늘여서 조종해야 합니다. 오주현 씨는 지금 단전축기 중이라는 것을 기억해야 합니다.

등산을 다시 시작했습니다

스승님! 건강히 잘 계시는지 궁금합니다. 지난 해 추석 전에 뵙고 그 이후에는 찾아간 적이 없으니 벌써 반 년이 다 되어 갑니다.

한때는 스승님 댁을 자주 찾아가서 2시간씩 앉아있다 보면 수련이 일취월장하리라 생각했던 때가 있었습니다. 기감을 느낀다고는 하나 축기가 전혀 되지 않은 상태에서 마냥 가부좌 하고 있으면 무슨 변화가 있으리라고 안이하게 생각했던 것 같습니다.

지금 생각해 보면 이제 걸음마를 막 떼기 시작한 아기가 몇 번 걷다 보면 금방 무게 중심이 딱 잡혀 잘 걷게 될 것이라고 예상하는 것만큼 성급했습니다. 혼자 일어나 걷게 되기까지는 수많은 시행착오를 거쳐야 한다는 사실을 망각했던 것이지요.

아기는 처음에는 소파를 잡고서 옆으로 걸음을 떼면서 균형 감각을 익히고 다음에는 부모의 손을 잡고 앞으로 한발한발 걷는 단계를 거쳐 혼자 걸으면서 수없이 넘어지고 다시 일어서는 과정을 거쳐야만 스스로 똑바로 걷게 됩니다. 과연 이 과정을 거치지 않고서 곧바로 걷게 되는 경우가 있을까 하는 생각을 해 봅니다.

수련도 걸음걸이를 배우는 과정과 비슷한 게 아닐까요? 수없이 넘어져 무릎에 멍이 가실 날이 없을 때 제대로 걷게 되듯이 우리 구도자는 갖가지 방편을 끊임없이 행하는 가운데 진리에 한 걸음 더 다가서 있음을 알게 되리라 생각합니다.

작년 12월에 중단하였던 등산을 지난주부터 다시 시작하였습니다. 12월의 추운 겨울날 등산을 나섰다가 너무 춥기도 하고 눈이 쌓여 미끄러운 빙판 위를 걸으며 고생하고 나니 겨울 내내 등산할 엄두가 나질 않다가 3월에 접어들어 등산을 재개한 것입니다.

지난주 주말에 도봉산을 다녀왔는데 월요일부터 금요일까지 일주일 내내 종아리에 뭉친 근육이 풀리지 않고 몸이 찌뿌둥하였습니다. 평소에 걷기와 달리기, 도인체조 등을 날마다 하고 있는데도 말입니다. 선생님이 책에 쓰신 것처럼 확실히 등산을 해야 몸의 근육을 골고루 쓰게 되는가 봅니다. 지난주 등산을 다시 시작하고 나서 이제는 몸이 적응해서 그런지 이번 주말 등산은 한결 수월하게 다녀왔습니다. 도봉산을 내려오는 길에 보니 꽃봉오리에 하얀 목련이 빼꼼히 고개를 내밀기 시작하였습니다. 저도 이번 봄에 순백의 꽃을 피울 수 있도록 수련에 박차를 가하도록 하겠습니다.

생식 표준 4봉지 택배로 부탁드리겠습니다. 대금은 계좌로 이미 송금하였습니다. 감사합니다.

단기 4350년 3월 26일

파주에서 제자 서광렬 올림

【회답】

등산을 다시 시작했다니 축하합니다. 내 경험에 따르면 겨울에도 등산은 쉬지 않는 것이 좋다고 봅니다. 물론 눈과 빙판길에 미끄러져 부상당할 위험이 있긴 하지만 조심해서 사고만 피하면 겨울 등산 또한 묘미가 있습니다. 나는 1979년 가을에 등산을 시작하여 2012년까지 33년 동안 그렇게 해왔기에 참고 삼아 말합니다. 생식은 3월 27일에 택배 발송했습니다.

김우진 수련일지

안녕하세요? 삼공 선생님 김우진입니다.

삼공재 방문 두번째 만에 불쑥 현묘지도 화두수련을 달라고 해서 많이 놀라셨을 것으로 봅니다.

선생님 말씀처럼 먼저 제 소개부터 하고 어느 정도 시간이 흐른 뒤에 도맥전수를 요청해야 하는데 너무나 절실한 마음에 그만 실례를 하게 되었습니다.

그러나 그렇게까지 일방적으로 화두요청을 드린 것은 저 나름대로의 절실함과 확신이 있어서였습니다.

현재 제 수련 상태가 호흡문, 축기, 소주천, 대주천, 삼합진공, 연정화기, 연기화신을 거쳐 이제는 현묘지도 수련을 받아야 할 시기로 보여 삼공재를 방문하게 되었습니다.

사실 이 현묘지도 수련을 거쳐야 한 단계 더 발전할 것으로 보여 작년에 화두 없이 현묘지도 수련을 스스로 시도하여 보기도 하였습니다.

이 부분은 아래의 수련일지에 모두 적어 놓았으니 읽어보시고 고견 부탁드리겠습니다. 그동안 홀로 이 단계까지 오느라 정말 힘들었습니다.

조금 지루하시더라도 모두 읽어 보시고 판단이 서시면 현묘지도 화두를 보내주시기 바랍니다.

제 본성이 지금 영성의 진화를 너무나 절실하게 원하고 있고 현묘지도를 마친 후 초견성을 하면 평생 타인의 진화와 발전에 도움을 주도록 하겠습니다.

아울러 현묘지도 수련을 통과한다면 지속적으로 삼공재에 다니며 타인의 수련 정도 파악하는 법, 벽사문 달아주는 법, 오행생식 처방법 등 모든 것을 전수받고 싶습니다.

물론 제가 도맥을 이어갈 그릇인지는 선생님이 검토해 보시고 판단하여 주시기 바랍니다.

이번 생에 선생님을 만난 것을 행운으로 알고 삼공재에서 하나씩 하나씩 차근차근 모두 배워 가도록 하겠습니다.

선도수련은 1999년도 8월경부터 2001년까지 하였으나 중간에 10년 넘게 중단했다가 2015년 경부터 다시 시작하여 급속도로 진전이 되었습니다.

그동안 누구의 도움 없이 오로지 『선도체험기』를 읽어가며 단독수련만 해왔던 상황이라 다소 객관성이 없는 내용들도 있을지 모르니 참고 부탁드립니다.

적림선도(赤林仙道)

제가 맨 처음 선도수련을 하기 시작한 것은 1999년도 8월경으로 그때부터 너무나 빠른 진행으로 수련이 되었습니다. 별도의 단전호흡 도장을 다니거나 특별한 선도의 스승은 없었고 단지 정신세계사에서 출판한 연정원의 권태훈 옹의 "민족비전 정신수련법"이라는 책과 그 안에 실린 정북창 선생의 "용호비결"만을 참고하며 단독 수련을 시작하였습니다.

나중에 소주천이 될 무렵에는 가슴통증(자살한 후배령)으로 심하게 좌절하다가 우연히 『선도체험기』를 접하게 되어 빙의령의 존재를 알게 되었고 비로소 수련이 올바른 방향으로 나갈 수 있었습니다. 맨 처음 좌선 후 앉자마자 느꼈던 본성의 염화미소는 수십 년이 지난 지금도 잊을 수가 없습니다. 아마도 많은 생을 영적 진화를 위하여 살아왔던 것으로 보입니다.

호흡문, 축기, 소주천, 대주천에 관한 경험은 『선도체험기』에 나오는 내용들과 너무나 비슷하고 상당히 오래전 일이라 별도로 올리지 않겠습니다. 백회는 기적인 정 같은 것으로 신명들이 열어 준 것으로 보이며 그때부터 천기가 머리 위로 내려와 온몸을 순환하기 시작하였습니다. 당시에 하루 세끼 모두 생식을 하며 등산까지 해서인지 백회와 머리 전체로 감당하기 힘들 정도로 강한 천기가 들어 왔습니다. 호흡만 하면 하단전은 늘 불덩어리같이 뜨거웠고, 임맥, 독맥을 거쳐 전신으로 뻗어나가 손발까지 찌릿찌릿 했습니다.

대주천 무렵 오른쪽 귀에서 관음법문 파장음이 시작되었고 좌선 중에 칭하이 무상사의 영체가 나타나기도 하였습니다. 이 영체가 저의 머리 위에 무슨 기적인 장치를 해주었는데 이런 일이 있은 후에는 한동안 좌선만 하면 머리 위에 비행접시 같은 것이 기다렸다는 듯이 다가 왔습니다.

『선도체험기』에서 관음법문 수련에 관한 글을 읽고 집중을 하자 오른쪽 귀에서부터 파장이 강해지더니 액체 같은 기운이 온몸으로 퍼져가기 시작하였습니다. 이때 기색이 한번 변한 것으로 보입니다. 이렇게 여러 단계를 거쳐 마지막에는 좌선하고 있으면 삼태극이 한쪽 방향으로 빙글빙글 돌아가기도 하였습니다. 그러나 아쉽게도 카르마의 영향인지 그 시기 직장 문제로 10년간 힘든 시간을 보내기도 하였습니다.

기공부를 넘어 마음공부가 시작되는 단계였는데 결국 포기하고 직장을 그만두고 말았습니다. 사표를 내려하는 순간 보호령이 순간적으로 매운 기운을 보내어 제 두 눈을 못 뜨게 한 기억이 지금도 생생합니다. 결국 지도령과 보호령의 사인(sign)을 알아차리지 못하고 그 후로 거의 10년 넘게 수련까지 중단하게 되었습니다.

당시 저의 지도령과 보호령에게 너무나 죄송한 마음이 들어 현재는 용맹정진 수련을 하고 있습니다. 수련을 다시 시작한 건 최근으로 이 두 분 지도령과 보호령은 삼합진공(三合眞空) 수련시 다른 분들로 바뀌었습니다.

삼합진공은 2015년 5월경에 경험하였고 이때 대략 한달 동안 대대적인 기갈이를 하였습니다. 이때의 너무나 신령한 기운은 아직까지도 잊을 수가 없습니다.

하단전의 용광로 같은 기운이 중단전까지 타고 올라갔고 호흡만 하면 하단전과 중단전이 동시에 달아올랐습니다. 백회혈과 머리 위는 늘 서늘하였고 하단전과 중단전은 항상 따뜻하거나 뜨거운 상태가 유지되었습니다.

삼합진공이 안정되어갈 무렵 수면시간과 식사량이 줄었고 빙의령의 파장이 상당히 줄어들었습니다. 이 시기부터는 거의 매일 오전 새벽 4시 30분에 기상하여 좌선 30~40분 도인체조 20분 정도를 하고 있습니다. 수련에 가속이 붙기 시작한 건 바로 이 시기부터입니다. 연정화기, 연기화신을 거쳐 현재의 단계까지 오게 되었습니다.

한 가지 특이한 건 특이 체질인지 기몸살과 명현현상, 진동을 거의 경험하지 못하였습니다. 대대적인 기갈이가 시작되면 오히려 컨디션이 더 좋아지고 최상의 상태가 유지되었습니다. 빙의령이 모두 나가고 중단전이 활짝 열리면 환희지심(歡喜之心)을 자주 느낍니다.

아래의 내용들은 제가 운영하고 있는 블로그에 올린 포스트들로 2015년도부터 최근까지 수련일지 내용들을 선별하여 적어 보았습니다. 삼합진공(三合眞空) 시기부터 현재의 제 수련 상태가 모두 기록되어 있으니 참고 부탁드립니다.

2014년 10월 20일 월요일

최근에 보호령이 바뀐 거 같다. 이전 보호령보다 상당히 도력이 높은 영인 거 같은데 기감 상 젊은 분으로 보인다. 선도수련을 시작하고 두번째로 오신 분이다. 그런데 놀라운 것은 이 보호령은 현실에서 직접적인 간섭작용을 일으킨다.

사람은 누구나 전생의 카르마로 정해진 삶이 있으나 선도수련자는 수련으로 변경되는 부분들이 있는데 이 영이 직접적인 관여를 하는 것으로 보인다. 상당히 특기할 만한 일이다.

선도수련자들은 도력이 깊어질수록 지도령과 보호령의 도움을 받는다는 것은 알고 있었지만 이렇게 일상적인 부분의 관여까지는 전혀 예상하지 못한 일이다. 심지어 몇 개월 후에 일어날 일을 스스로 앞당길 수도 있는 것으로 보인다. 마치

수련자의 정해진 운명을 변화시키는 것으로 보인다. 수련자가 상념을 일으키면 즉 생각을 일으키면 그에 반응하는 것으로 보인다. 수련을 위해 현실을 왜곡시키기도 한다.

2015년 5월 29일 금요일

수련중에 하단전에 모인 불덩어리가 자꾸 중단전으로 치솟으려 한다. 여러 가지 화면이 순간순간 번쩍번쩍 빠르게 지나간다. 짧은 치마를 입은 여자들이 보인다. 마음상태를 보니 부동심이다. 아마도 선계에서 연정화기가 제대로 정착되었는지 테스트하시는 거 같다.

거실에서 어머님이 유리잔을 부딪치셨는지 쨍하고 소리가 난다. 역시나 마음에 파장이 일어나지 않는다.

퇴근 후 차 안에서 자동으로 단전호흡이 되고 빙의령이 빠르게 나가고 있다. 며칠 사이 빙의가 되고 나가고 기가 달아오르고 이 과정을 무한 반복하고 있다.

특이한 것은 자성(自性)의 파장이 초기 빙의굴 단계가 끝났으니 삼합진공 수련을 하라고 한다. 예전 수련 초기에 거의 다 마쳤는데 왜 다시 하라는 것인지 잘 모르겠다. 꼭 복습하는 기분인데 아마도 중도에 10년 이상 멈추었던 수련을 원활하게 하기 위한 과정으로 보인다.

화두 같은 "천상천하 유아독존"이 자꾸만 떠오른다. 암송하자 온몸이 달아오르고 마음이 한없이 편해진다. 예전에는 수련시 관음보살을 자주 불렀는데 지금은 "고타마 싯타르타라"는 말을 자꾸만 부르고 싶어진다. 아무래도 수련이 그동안 미뤄왔던 숙제처럼 한꺼번에 밀려오는 거 같다. 여러 가지 선도 수련단계가 뒤죽박죽으로 몰려오고 있다.

개인사정으로 수련을 중도에 그만둔 것이 정말 후회막급이다. 내 몸이 잘 견뎌내야 할 텐데 걱정이다. 이제와 생각해보니 지난 2월에 있었던 내 인생 최대 갈림길이 지도령의 간섭작용이었던 것으로 보인다. 느닷없이 직장을 휴직하게 되어버린 황당한 상황이 상식적으로 너무 이해가 가지 않았었는데 아무튼 다행이다.

2월달부터 갑작스럽게 3개월간 회사를 휴직하고 선도수련에 집중하게 되는데 아마도 지도령과 보호령의 간섭작용으로 보인다. 아! 중단전이 자꾸만 달아오르고 마음이 너무 편안하다 천지신명에게 감사한다.

2015년 5월 30일 토요일

삼합진공(三合眞空)이 서서히 정착되어 가고 있다. 특이한 것은 삼합진공이 안정되면서 거의 하루 종일 자동으로 상, 중, 하단전에 집중하게 된다. 이전과는 다르게 의식적인 집중이 아니다. 마치 가슴 한가운데 불덩어리 같은 커다란 원자로가 돌고 있는 기분이다.

날숨을 할 때면 중단전의 원자로가 고속으로 회전한다. 그런데 자세히 보니 이 용광로가 황금색 타원형 자성이 불타오르고 있는 것이다. 다른 사람들과 대화할 때를 빼고는 매 순간 의식하지 않아도 한 호흡 한 호흡마다 상, 중, 하단전의 원자로가 돌아가고 있다. 인과관계로 발생한 분노, 두려움 같은 마음의 허상들은 모두 이 용광로 속에 넣고 녹여버린다.

가슴이 조여올 때면 빙의령과 함께 이 자성을 바라본다. 빙의령들은 불과 몇 시간만에 가야 할 곳으로 떠나고 있다. 이전과는 상당히 다른 과정으로 보인다. 본격적으로 수련하기 전에 고타마 싯타르타를 암송하고 수련에 들어가면 "천상천하 유아독존과 자성을 밝혀라." 이 두 마디의 말을 무한 반복하고 있다.

풀리지 않은 의구심은 상단전에 집중하여 혜안을 밝히고 있다. 이 자성수련과 삼합진공이 시작되면서부터 매 순간 업장이 사라지는 느낌이다. 이젠 더 이상 두려움도 괴로움도 없다. 꼭 잃어버린 나의 본 모습을 되찾은 기분이다. 모든 것은 무상한 것이니 불변의 자성을 깨워 마음의 등불을 밝혀라. 아! 지금 또 가슴이 달아오르고 있다 관세음보살...

자성수련법(自性修練法)

삼합진공 시 경험한 기운의 흐름을 응용하여 자성수련법(自性修練法)을 창안하여 보았다. 개인적으로 가장 좋은 수련법은 간단명료한 것이라 생각한다. 결코 복잡하고 어려운 것이 좋은 수련법이 될 수 없다.

이 자성수련법(自性修練法)은 삼합진공 시 하단전의 축기가 완성되고 중단전으로 용광로 같은 기운이 치솟을 때 느끼고 경험했던 수련법이 이때에 경험한 강력한 기운의 흐름으로 자성의 형체를 좀 더 구체화시켜 보았다.

즉, 내 안의 삼단전(三丹田)에 잠들어 있는 자성을 황금빛 타원형으로 인식하여 좀 더 알기 쉽게 다가가는 수련법이다. 이런 방식으로 기운을 좀 더 구체적인 형상으로 인식하고 수련하면 초기 호흡문이나 축기 과정에서 좋은 효과를 볼 수 있을 것이다.

선도수련자 중에 10년 이상 기운을 느끼지 못하거나 별다른 진전이 없는 경우가 있는데 아마도 수련자의 성향이나 근기 전생의 인과가 작용하는 것으로 보인다. 어떤 사람들은 수련 시작하고부터 바로 기운을 느끼는 경우도 있지만 안타깝게도 반대의 경우도 상당히 많은 것으로 보인다. 또한 축기가 되더라도 수련자에게 빙의령이 들어오므로 그야말로 엎친 데 덮친 격이 된다. 애써 기운을 모으고 축기를 하고 있건만 때는 이때다 하고 전생의 카르마가 일어나는 것이다.

결국 수련자가 깊은 경지에 들지 않고서는 기운을 제대로 느낄 수 있는 기회조차 없는 것이다. 일단 이런 분들은 그야말로 결초보은의 심정으로 1년이고 3년이고 10년이고 오로지 축기에만 매달려야 한다. 이 시기에 조금이라도 더 빠르게 기운을 체감할 수 있도록 자성수련법(自性修練法)을 창안하여 보았다. 그러나 아직 미완의 수련법으로 앞으로도 지속적으로 수정 및 보완해 나갈 예정이다.

자성수련법(自性修練法)은 기공(氣功)단계, 심공(心功)단계, 신공(神功)단계의 총 3단계를 거쳐 완성된다. 이 지루한 과정은 개인차가 있겠지만 3년~5년 정도로 심공수련인 삼합진공 전까지 지속된다. 즉, 삼합진공 전까지가 기공수련 단계인 즉, 하단전 축기 단계인 것이다.

하단전 축기가 끝나고 삼합진공이 시작되는 순간 엄청난 기운과 대대적인 기갈이가 시작된다. 드디어 심공수련이 시작되는 것이다. 이 시기에 지도령과 보호령도 바뀐다. 삼합진공이 시작되기 전까지의 모든 하단전 축기과정을 자성수련법 1단계로 볼 수 있다.

일단 좌선수련하기 전에 천부경을 3번 정도 암송한다. 암송이 끝나면 가능한 결가부좌를 하고 눈은 1m 앞바닥이나 자신의 콧등을 주시한다. 눈은 반개하며 혓바닥은 반드시 입천장에 붙이도록 한다.

좌선 후엔 배꼽 아래로 5cm, 안으로 5cm 부분에 황금색 타원형의 계란형 모양을 이미지화하고 그 안에 "氣" 나 "丹" 자를 넣어 구체적인 형상으로 관하기 시작한다. 이 황금색 타원형의 자성 속에 성욕이나 오욕칠정 등의 감정을 모두 넣어 소멸시킨다.

들숨일 때 하단전의 황금색 자성에 집중하고 날숨일 때 우측방향으로 강하게 회전시킨다.

처음에는 들숨과 날숨을 각각 5초, 총 한호흡이 10초 정도가 되게 해준다. 나중에 숨이 길어지면 총 한 호흡이 20초, 30초 정도가 되도록 해준다. 그러나 무리하게 억지로 숨을 늘리면 안되고 본인의 폐활량에 맞게 자연스럽게 해주도록 한다.

암송은 처음 10~20분 정도는 "환웅천황"을 암송하고 이후부터는 "천지기운한기운"을 암송한다. 좌선수련을 마치면 다시 천부경을 3번 암송하고 마무리한다. 평상시 빙의령을 주시하고 "빙의령 빙의령, 인과응보 해원상생"을 암송해주면 효과를 볼 수 있다. 이렇게 수련해도 진전이 없다면 주저하지 말고 삼공재를 찾아가야 한다.

삼단전(三丹田)

선도수련에서의 삼단전(三丹田)은 상단전, 중단전, 하단전으로 알려져 있다. 상단전은 인당혈로 神이, 중단전은 옥당혈로 氣가 하단전은 석문혈로 精을 의미한다.

그러나 자성수련법(自性修練法)에서는 그 의미가 다르다. 상단전은 인당혈로 神이, 중단전은 옥당혈로 心이 하단전은 석문혈로 氣를 의미한다. 이것이 맞는 말이다.. 왜 그런지는 나도 잘 모르겠다.. 그냥 파장이 그렇다. 즉, 정(精), 기(氣), 신(神)이 아니고 기(氣), 심(心), 신(神)이 올바른 순서이다. 삼단전에서 가장 중요한 것은 중단전의 심(心)이다.

2015년 6월 4일 목요일

오늘은 하루 종일 머리 위에 신령한 기운이 떠있다. 숨을 쉬면 하, 중, 상단전을 거쳐서 백회에 까지 이어진 불기둥이 생긴다.

삼합진공이 처음 시작될 때 하단전에서 불기운이 자꾸만 위로 치솟으려고 하더니 중단전을 거쳐서 이제는 백회에까지 이어진 느낌이 든다. 이것이 아무래도 요가에서 말하는 쿤달리니지 싶다.

한 가지 더 특기할 만한 것은 이 불기둥이 달아오를 때면 회음혈이 자동으로 조여진다. 예전 수련시에도 종종 이러하였으나 요즘에는 너무나 자연스러운 조임이다. 뭐라 딱히 표현할 말이 없다.

매 한 호흡마다 하단전, 중단전의 타원형 자성도 강력하게 회전하고 상단전의 자성이 함께 회전한다. 이 회전하는 자성이 하나의 기둥을 이루어 백회에서 하단전까지 일직선으로 내려온다. 늘 지쳐있었던 내 몸이 하나하나 살아있는 느낌이다.

빙의령에 의한 가슴조임은 몇시간 정도는 되어야 풀어지는데 또 다른 가슴막힘 증상은 순간순간 방심할 때 조여들다 몇분 만에 사라진다. 빙의령에 의한 것은 아닌거 같아 곰곰히 생각해보니 이것은 아마도 인과령이 아니고 주변을 떠도는 중음신들로 보인다. 아! 이제와 생각해보니 선계의 뜻을 조금이나마 알 것도 같다. 도인들이 이 원자로를 가지고 세상을 정화하여 이롭게 하라는 뜻인가 보다.

백회로 잔잔한 기운이 들어온다. 맨 처음 선도수련을 할 때 느꼈던 강력한 기운이 아니고 잔잔한 기운이다. 머리 위의 신령한 기운이 회전하기 시작한다. 자성이(自性) 예정대로 수련이 잘 되어 가고 있다는 파장이 전해져온다.

2015년 6월 17일 수요일

최근에 호흡이 변한 거 같다. 명상수련하시는 분들이나 단전 호흡하는 분들은 호흡이 강하게 느껴진다고 들은 적이 있다. 아마도 기를 운기하여 보이지 않는 영혼들과 끊임없는 난투를 벌이기 때문이라 생각한다.

그러나 삼합진공이 시작되고 처음에는 상당히 강력한 호흡이었으나 최근에는 호흡이 가늘어지고 있다. 마치 아기가 엄마의 품에서 잠들어 있는 듯한 잔잔한 호흡이다. 숨을 쉬는 것도 같고 쉬지 않는 것도 같은 그런 호흡..

오전 좌선수련에서도 예전처럼 강하게 집중하지 않고 그저 자성만을 바라보고 있다. 그저 기가 흘러가는데로 기가 머무는데로 주시하고 있다. 어차피 풀리지 않은 의문이란 없는 것이고 시작이 있으면 끝이 있을 것이며 인과작용으로 인하여 인연따라 왔다 인연따라 갈 것을...

연정화기나 연기화신, 화두를 암송하지 않으며 그저 내 숨과 자성만을 바라본다. 시시각각 변화하는 내 마음의 허상을 지켜보고 있다. 내 자성이 모든걸 내려놓고 오로지 숨만 쉬라고 한다. 그 동안 수련한답시고 또 다른 집착을 하였구나. 선도수련에 대한 모든 것을 내려놓으니 마음이 너무나 편해진다. 관세음보살...

2015년 7월 13일 월요일

오전 수련 중에 특이한 경험을 하였다.

평상시처럼 좌선을 하고 있다가 가슴이 답답하여 빙의령에 집중하는데 그 순간 하늘에서 내려온 웬 빛기둥 하나가 내 머리 위로 내려와 연결된다. 머리 위에 천선줄이 연결되자 몸도 마음도 꼼짝하지 않는 집중상태로 빠져든다. 선도수련을 시작하고 처음 겪는 일이다.

연이어 빙의령에 집중하자 화면이 안정적으로 보이려 한다. 심안이 더 밝아지려 하나 보다. 이 상태가 계속되면 좋을 텐데 아직 기력이 모자라는가 보다.

반복적으로 일어났다가 사라졌다가 한다. 몸도 마음도 꼼짝하지 않는 집중상태는 입정으로 들어가는 초기 단계로 보인다. 아무래도 수련에 또 다른 변화가 있으려나 보다

2015년 8월 21일 금요일

어제 오전수련에 특이한 경험을 하였다.

가슴이 막혀 빙의령을 보려하였으나 꼼짝도 하지 않는다. 조금 방법을 바꿔 내 이름을 부르고 막혀있는 전중 부분을 확인하였다. 그런데 내 이름을 부르자 오색으로 둘러싸인 내 형체가 보인다. 이것이 아마 오로라라고 하는 것 같다.

오색의 기운이 맴돌다 사라진다. 이 화면이 사라지고 다시 이름을 부르자 오장육부가 보인다. 약간은 흐릿한데 검붉은 나의 장기들이 모두 보인다. 더 집중하려 하였으나 평정심이 흔들려 이내 그만두었다. 하단전 집중수련 후 마무리하였다.

저녁엔 큰 실수를 하였는데 이것 또한 마음수련의 일부로 생각한다. 한 가지 특기할 만한 것은 수련이 진전될수록 자성의 목소리가 커지는 것 같다. 가령 어떤 일을 결정할 때에도 본성의 목소리가 점점 확실하게 들려온다. 최근에는 이 자성의 느낌에 의지하여 나아간다.

이번 실수를 하기 전엔 들어오던 기운이 끊기는 경험을 하였는데 이런 식의 경고성 사인도 점점 커지는 거 같다. 가령 어떤 좋지 못한 일이 발생하기 전에 아침부터 간접 사인이 발생한다. 잘 관찰하면 피해를 막을 수는 없으나 줄일 수는 있을 것으로 보인다. 이 또한 섭리의 작용으로 보인다.

실수의 3대 원칙

1. 실수를 인정한다.
2. 실수를 통해 배워라.
3. 같은 실수를 반복하지 않는다.

2015년 9월 5일 토요일

오늘 오전 수련에서는 좌선하고 있으니 수많은 화면들이 스쳐 지나간다. 아직 기력이 모자라서인지 정확하게는 보이지 않으나 집중하면 어느 정도 선명하게 보인다.

그러나 이 또한 너무 집착하면 안될 거 같아 그냥 흘러가듯이 주시만 하고 있다.

아마도 지금 내 수련이 연기화신 정도에 와 있는 것으로 보인다. 하단전에 집중하고 축기를 하자면 불덩어리가 중단전을 거쳐 상단전까지 소용돌이친다. 이 기운의 소용돌이는 자성수련과는 관계없이 삼합진공이 시작되면서 동시에 일어났다. 어찌 되었던 간에 하단전부터 집중하여 이 기운의 소용돌이를 자성수련으로 더 강하게 만든다.

또한 잠깐 동안인 거 같은데 어느새 시간이 30분이나 지나 있다. 그리고 기운의 흐름이 몸 안의 문제가 있는 부위로 자연스럽게 더 흘러가는 것이 느껴진다. 오른팔에 항상 통증이 있는데 이 오른팔 속으로 뜨거운 액체가 흘러 내려가는 것이 느껴진다.

얼마 전부터는 멜빵을 맬 때 양어깨 위에서부터 아래로 내려오는 혈자리로 꼭 작은 구슬 같은 기운이 흘러내리는 것이 느껴진다.

이 연기화신 단계가 진행되기 전에는 연정화기 증상이 있었는데 사정 시 정액이 나올 때 느낌이 상당히 이전과 달랐다. 뭐랄까 액체가 아닌 다른 무엇인가가 흐르는 느낌? 기화되고 생명력이 없는 느낌? 아무튼 그런 현상이 나오고부터는 성관계를 한 달에 한 번으로 줄였고 절제하였다.

그런데 고서에는 연정화기가 정착되면 정액이 나오지 않는다고 하던데 연구해 볼 만한 일이다. 특기할 만한 점은 몽정이 사라졌는데 보통 성관계를 하지 않으면 한 달에 1~2번은 몽정을 하던 현상이 사라졌다. 아무튼 요즘에는 이 단계를 거쳐 연기화신 수련이 진행되는 것으로 보고, 아마도 내년 2~3월쯤에는 또다시 수련에 큰 변화가 일어날 것으로 보인다.

한가지 더 놀랄 만한 일은 타고난 내 운명이 조금씩 바뀌어 가는 것으로 보인다. 최근에 내 팔자대로라면 2가지 큰 시련이 있어야 하는데 이 운명이 비껴가고 있다. 이 2가지의 큰 시련이 올해부터 시작해서 내년 한 해 동안 내 발목을 잡을 운명이었는데 이것이 최근에 동시에 일어나다가 점차 사라져 가고 있다. 더 지켜봐야 하겠지만 선배 도인들의 말처럼 수련자의 도력이 깊어지면 정말 운명이 바뀌어 가는 것으로 보인다.

2015년 9월 10일 금요일

최근 수련을 하다 보면 가끔씩 오른쪽 귀에서 좌측 귀로 광풍이 일어난다. 훅하고 바람이 지나가는데 이 현상이 일어나면 관음법문 음파소리가 더욱 거세게 들린다. 꼭 이 관음수련 음파소리에 집중하고 있으면 깨달음을 얻을 수 있을 것만 같다. 이 음파소리는 우주의 파장소리로 느껴진다. 오전 수련에 집중해 볼 예정이다.

2015년 9월 21일 금요일

오전 수련에 두 번째 입정에 들었다.

특기할 만한 것은 입정상태에 들어가면 꼭 하늘에서 천선줄이 내려와 머리 위에 연결된다. 백회로도 기운이 더 들어오는데 별도로 무슨 기운줄 같은 것이 연결된다. 이것이 입정상태에 들어가는 무방비 상태의 수련자를 보호해주는 느낌이 든다.

일단 입정상태에 들어가면 몸과 마음이 꼼짝하지 않는 상태로 전환된다. 꼭 군대에서 상급자가 "차렷"이라고 외치면 꼼짝 못하고 복지부동 상태가 되는 것과 비슷하다고나 할까?

아무튼 입정상태에서 상단전에 집중하면 그전처럼 화면이 흐트러지지 않는다. 상당히 오랜 시간 동안 집중된 상태의 화면을 볼 수가 있다. 그러나 아직 기가 더 맑지 않아서 그런지 선명하게 보이지는 않는다. 화면이 그전처럼 잠깐씩 보이거나 사라지지 않아서 좋다.

수련을 도와주시는 모든 천지신명에게 감사한다.

2015년 10월 2일 금요일

이젠 강한 영이 들어와도 거의 2~3일이면 천도가 되는 것으로 보인다. 문제는 아직도 쉬지 않고 지속적으로 들어오는 것인데... 뭐 이런 과정이 기력이 조금이라도 나아지는 거 아니겠나?

어제 저녁에는 소녀령이 나가고 가슴 부분 즉 임맥 부분의 혈자리가 모두 달아올랐다. 예전에는 전중 부분을 중심으로 일직선상으로만 기가 흘렀다면 이제는 가슴 부분의 양옆으로도 모두 흐른다.

최근 들어 가슴 부분의 모든 혈 자리로 기가 충만하면 법열 같은 것을 느낀다. 평화롭고 포근한 느낌이다. 이런 것이 하느님의 마음인가 보다.

오늘 오전에는 간밤에 그새 새 빙의령이 들어왔는데 한 명이 아니다. 이제는 한참을 집중하여도 힘들지가 않아서 관을 지속하였다. 30분 정도 지나자 갓을 쓴 조선시대 특유의 선비 복장을 한 선비령이 보인다. 그런데 전해져 오는 파장이 한 분이 아니고 총 5명 정도이다. 인연 따라 온 거 같진 않은데.. 아니 곰곰이 생각해 보니 어머님.. 즉 외가 쪽 분들로 보인다. 아무튼 요즘에는 조선시대 선비령들이 종종 들어온다. 원령이 아니어서 그런지 조금도 피곤하지가 않다.

일단 빙의령이 들어오면 잠시 심공수련과 화두를 접고 천도시키는데 집중한다. 일단 무슨 영인지 관하여 정체를 알아내고 모습이 보이면 상에 집중한다. 암송은 "천지기운 한기운"을 반복한다.

최근 들어 또 한가지 변한 것은 밥을 먹으면 이전처럼 식곤

증으로 졸리지 않고 더 기력이 살아난다. 마치 예전에 단전호흡을 처음 시작한 시절로 되돌아 간 기분이다.

2015년 11월 1일 월요일

어제 수련에는 의문점이 있어 좌선 중에 고타마 싯타르타를 암송하였다. 이름을 부르고 의문점을 묻자 수련시간을 좀 더 늘이라는 파장이 전해져 왔다.

나의 경우에는 보통 오전 6시에 출근하여 저녁 9시에나 들어오다 보니 수련하는데 여간 힘든 것이 아니다. 보통 하루에 4~5시간 정도밖에 잠을 못 자서 늘 몸이 피곤한 상태다. 이렇다 보니 오전 수련은 5시에 일어나서 겨우 30~40분 정도만 하는 것이 전부다.

그나마 다행인 것이 회사가 멀어 출퇴근 시간이 1~2시간이나 걸린다는 것이다. 출퇴근을 자동차로 하는데 운전 중에 단전호흡을 할 수 있어 좋은 점이 있다. 강력한 빙의령이 들어오면 호흡이 딸리고 오히려 좌선수련이 힘들어지는데 이럴 땐 차 안에서 짧고 강하게 호흡하여 천도시킨다. 결국 주중에 부족한 수련은 주로 주말에 하는데 주말에도 한 주 동안 부족한 잠을 늦게까지 자다 보니 수련 시간이 늘 부족한 상태다. 아무튼 수련시간을 늘리라는 파장을 받고 오늘 아침부터 수련 시간을 1시간 정도로 늘였다.

어제 빙의된 영 때문인지 어제부터 우측 하복부에 바늘로 찌르는 듯한 통증이 있다. 집중하자 수많은 화면이 2~3분간 빠르게 스쳐 지나다가 최종에는 무슨 결정적인 장면인 거 같은데 선명하게 보이질 않는다. 이 영과 나에 대한 짧은 인과 관계의 history로 느껴진다.

2015년 11월 4일 수요일

어제부터 자꾸만 "조화주 하느님"이란 화두가 떠오른다. 이 화두는 개인적으로 상단전에 집중할 때에만 암송하는 것인데 아무래도 화두를 바꾸라는 의미로 알고 오늘 아침 수련부터 화두를 변경하였다.

좌선하고 앉아 있는데 신명이 뒤에서 머리 위에 무엇인가 붓는 느낌이 든다. 상단전 수련을 시작하라는 신호로 알고 본격적으로 "조화주 하느님"을 암송하였다. 의식도 중단전에서 상단전으로 옮겼다. 그나저나 중단전 수련이 벌써 끝난 것인지 모르겠네... "천상천하유아독존" 화두를 암송하려 하니 거부감이 일어난다. 오늘부터 "조화주 하느님"을 암송하는데 이 화두는 상당히 강력한 것으로 보인다. 이 화두를 암송하면 사기가 상당히 빠르게 사라진다. 물론 수련자의 도력이 높을수록 더 효과가 있을 것으로 본다.

오전 수련을 마치고 업무를 보는데 하루 종일 머리 위에 특이한 기운이 떠있다. 욱신거리기도 하고 통증이 있기도 하고 무엇인가 머릿속에서 공사가 진행되는 느낌이다. 상단전에 집중하고 화두를 암송하자 머리에서 사방팔방으로 빛이 퍼져 나가는 느낌이다.

아무튼 당분간 상단전 수련에 집중해야겠다. 수련에 변화가 있을 때에는 가급적 주색잡기를 삼가야 한다.

2015년 11월 5일 목요일

오전 수련을 마치고 업무를 보는데 어제처럼 머리가 욱신거리는 게 사라졌다. 아침부터 그분이 오셨는데 비구니령이다. 여자인데 살아생전에 욕정이 강했던 영인 거 같다. 동료와 잠깐 앉아서 얘기를 나누는데 상대를 유혹하라는 상념이 일어난다. 나도 모르게 여자처럼 다리를 옆으로 꼬고 요염하게 앉으려 한다.

남자인 내가 왜 이런 엉뚱한 생각이 드는 것일까? 이럴 땐 강력한 빙의령의 파장이 작용하는 것이다. 잠시 지켜보다 중단전에 집중하고 "조화주 하느님"을 암송하였다. 30분도 채 안 되어서 곧 천도되어 나갔다.

상단전 수련을 시작하게 되면서 가장 큰 변화는 빙의령 천도 시간이 상당히 단축되었다는 점이다. 이게 아마도 심공(心功)수련이 끝나고 신공(神功)수련이 시작되어서이지 싶다. 이 신공수련의 힘은 상당히 강력한 것으로 보인다.

오후에 볼일이 있어 자동차를 몰고 시내를 가는 도중에 갑자기 중단전이 조여오기 시작한다. 알 수 없는 불안감이 밀려오고 팔 부분에 통증이 느껴진다. 빙의령의 전형적인 증상이었다. 역시나 또 그분이 오신 것이다. 남자령인데 빙의를 바로 알아차리고 중단전에 집중하고 "조화주 하느님"을 암송하였다. 그러자 이번에는 놀랍게도 10분도 안되어 가슴이 뚫렸다.

아! 이게... 점점 천도능력이 강해지는 것으로 보인다. 조금 놀란 상태라서 호흡을 가다듬고 있는데 5분 뒤에 또 다른 영이 들어온다.

다시 중단전에 집중하고 "조화주 하느님"을 암송하였다. 이번에는 5분도 채 안 걸려서 전중이 뚫렸다. 막혔던 가슴이 열리자 뜨거운 기운이 온몸을 휘감는다. 참... 신공수련이 정말 대단한 것으로 보인다. 이런 과정을 1시간 동안 운전하면서 대략 4~5번을 반복하였다.

이제는 웬만한 영은 깊게 숨 몇 번만 쉬면 바로 천도되어 나간다. 아무리 강한 영이 들어와도 2~3일을 넘기지 않는다. 내가 도력이 강해진 것인가? 아니면 화두수련의 암송이 강한 것인가?

어쨌거나 선도수련을 시작하고 몇 년 동안이나 나를 괴롭히던 빙의령들과의 싸움이 드디어 변화하는 순간이었다. 일단 가슴 부분이 답답하지 않아서 좋고 늘 주위에 사기가 둘러싸고 있었는데 바로 바로 정화시킬 수 있어서 좋다. 이제는 평상시에도 늘 마음이 평화롭다. 빙의령으로 인한 불안감이 사라진 것이다.

한가지 불편한 것은 직업상 주로 차로 이동하는 경우가 많은데 단전호흡을 시작하면 자연스럽게 눈이 반개가 되고 한가지 대상에 집중하게 되는 것이다. 운전을 하고 있는 상태라서 거의 반입정 상태가 되는 것은 위험할 것으로 본다. 운전을 하고 있는 내가 약간 아득히 느껴진다. 그러나 경험상으로 보아 위급한 상황에서는 자동으로 반사작용이 일어난다. 신기하게도... 자성과 천지신명에게 감사드린다.

2015년 11월 6일 금요일

오전 수련에 좌선을 하고 호흡을 하는데 들어오던 기운이 갑자기 딱 끊긴다. 무슨 일인가? 다시 호흡을 해보았지만 기운이 올라오지 않는다. 꼭 기운을 도둑맞고 허공에 뜬 기분이다.

이럴 땐 역시나 그분이 오신 것이다. 아니나 다를까 서서히 가슴이 조여 온다. 화두를 멈추고 중단전의 빙의령에 집중하였다. 30분 이상 관을 하였는데 꼼짝도 하지 않는다. 강한 영인 거 같은데 빙의로 인한 피곤함이나 괴로움은 전연 없다.

한참을 집중해도 떠날 기색이 없자 수련을 그만하였다. 이럴 땐 반나절이나 하루 정도 그냥 놔두고 지켜봐야 한다. 짜증을 내거나 빨리 나가라고 재촉하면 더 안 나간다.

오후에 차 안에서 천도시켰는데 나갈 때 이전과 느낌이 다르다. 무엇인가 몸 안에서 빠져 나가는 것이 아니고 가슴부분을 누르고 있던 통증이 서서히 흩어지며 사라져간다. 최근에 이런 현상이 종종 있는데 왜 그런지는 정확하게 모르겠다. 통상적으로 빙의령이 나갈 때와는 조금 다른 느낌이다.

2015년 11월 15일 일요일

오전 수련에 화면이 잠깐 보이는데 젊은 신선 같은 사람이 장부를 넘기고 있다 책장을 넘기는 소리가 하도 생생해서 바로 눈앞에서 넘기는 느낌이다.

신선이 입는 도포를 걸치고 빨간색 글씨가 적힌 무슨 명부 같은 책을 읽고 있다. 글씨 모양이 특이한데 그림 같기도 하고 글씨 같기도 하다. 유난히 한 글자가 클로즈업 돼서 보이는데 꼭 한자로 "手" 손수라는 글자와 비슷하게 생겼다. 무슨 의미일까... 순간 스쳐가는 느낌이 이것이 신어(神語)같다라는 생각이 든다. 더 놀라운 것은 이 젊은 사람이 꼭 나 자신처럼 느껴진다.

한참 기운이 도는데 가슴이 조여 온다. 수련을 마치고 오랜만에 도봉산 등산을 갔다. 금년 5월부터 다시 주말 산행을 시작하였는데 너무 더운 7,8월은 쉬기로 하였다. 이것이 실수였다 9월에 다시 가려고 하니 꼭 주말에 비가 오거나 일이 생겼다. 결국 이런저런 일로 오늘에야 다시 등산을 시작하였다. 이후부터는 아무리 덥거나 추워도 거르지 말아야겠다.

어제 비가 와서 그런지 사람이 많지 않아서 좋았고 간만에 계곡 물이 너무 맑고 시원하여 세수도 하였다. 산 중간 정도 오르다가 양손, 양발, 백회, 회음혈로 천지기운을 의식하며 호흡하였다.

암송은 "천지기운 한기운"으로 하고 도봉산 기운도 함께 불렀다. 산중턱에서 선채로 하였는데 자연스럽게 반입정 상태가 된다. 점점 집중력이 향상되는 느낌이 든다. 요즘에는 집에서 좌선할 때보다 이렇게 일상생활 중에 호흡이 더 잘되는 경우가 있다.

호흡을 시작한 지 2~3분 만에 오전 수련시간에 빙의되었던 영이 나간다. 막혀있던 전중 부위가 뚫리자 뜨거운 열감이 온몸을 휘감는다.

다시 산을 오르자 10분도 채 안되어서 또 다른 영이 들어온다. 특기할 만한 점은 그동안 형상으로는 느끼지 못했던 보호령 같은 존재가 등반 내내 뒤에 따라다닌다.

산 정상에서 간단하게 샌드위치 한개를 먹고 하산하는데 배고픔을 느끼지 못하고 오히려 포만감이 들어 밥 생각이 전혀 일어나질 않았다. 어제 6시 저녁 이후로 먹은 것이 없는데... 아무래도 생식을 다시 시작해야만 할 것 같다.

하산하는 중간에 기분이 상하는 문자를 받았는데 잠시 화가 일어났다. 인과응보로 인한 경우로 알고 곧 중단전에 기운을 보내며 "무심(無心)"을 암송하였다. 2~3분도 안되어 진정이 되었다.

최근 일상에서 일어나는 일들을 보면 정말 생활선도라는 느낌이 자주 든다. 내가 서있는 이곳이 천국이 될 수도 순간 생지옥이 될 수도 있다. 잠시 후에 산중턱에서 빙의되었던 영이 천도되어 나갔다. 산을 거의 내려올 무렵 특이한 경험도 하였는데 갑자기 오른쪽 귀가 달아올랐다. 단전호흡을 하자 귓속까지 뜨거워진다.

최근 연기화신 수련에 접어들면서 가장 큰 변화 중에 하나는 오랜 지병이 치료가 되고 있다는 점이다. 추론하여 보자면 이것은 천도능력과 연관이 있어 보인다. 그동안 기가 들어와도 거의 빙의령에게 흘러가다 보니 몸의 부족한 부분에 기가 약하게 흘렀던 것이다.

그러나 이것이 천도능력이 향상되면서 몸의 지병이 있는 부분에 자동으로 더 흘러 들어가는 느낌이 든다. 난 항상 오른쪽 팔에 통증이 있었는데 최근 이것이 자연치유가 되고 있다. 자성과 천지신명에게 감사드린다.

2015년 11월 21일 토요일

운동을 하면 확실히 운기가 활발해진다.

오늘 오후에 운동을 하고 좌선을 하는데 어느새 빙의령이 들어와 있다. 누구인지 알아보려고 상단전에 집중하였다. 5분 정도 후에 웬 귀부인 같은 여자령의 얼굴이 보인다. 꼭 조선시대 귀부인 같은 정경부인이 들어와 있다. 연두색 상의를 입고 화려한 비취를 머리에 꽂고 있다. 꽤 신분이 높으신 분인 거 같다.

누구인지 더 알아보려 했으나 중단이 너무 팽창한 상태라 이내 그만두었다. 이와 같이 빙의령이 들어온 지 얼마 안 된 상태는 호흡이 다소 힘들다. 몇 분 동안 더 무호흡으로 수련을 하고 마무리 하였다. 2~3시간 후에 천도되어 나갔다.

이렇게 강한 영이 아닌 경우에는 화면으로 비교적 수월하게 보이는 편인데 너무 강력한 영은 상단전에 아무리 집중하여도 화면으로 안 보일 때가있다. 본인의 정체를 감추고 꼼짝도 하지 않는다. 이럴 땐 반나절 정도 그대로 두어야 한다. 변화하기까지 어느 정도 시간을 주어야 하는 것이다. 어느 정도 중단이 편해지면 다시 상단전에 집중하여 정체를 파악한다. 일단 정체를 화면으로 확인하면 이후부터는 시간 문제다.

이때부터는 빙의령의 상(相)에 집중하도록 한다. 좀 더 기력이 받쳐주면 빙의된 영과 대화하여 본다. 정확하게 무슨 인연인지, 누구인지... 이 상태에서 때로는 빙의령에 대한 한편의 드라마 같은 화면이 보일 때도 있다. 이 영에 대한 간단한

history인 것이다. 상당히 빠르게 지나간다. 그러나 아직까지는 영상이 흐릿하게만 보인다. 이런 식으로 수련에 재미를 붙여야 좌선하기가 어렵지 않다. 가끔은 오늘은 또 어떤 분이 오신건가? 궁금해지기도 한다.

상단전 수련을 시작한지 어느새 한 달이 다 되어 간다. 수련을 위해 보호령이 주색잡기 금지 등, 주변정리를 하는 것이 느껴진다. 마지막 일주일을 더 착실하게 수련해야겠다.

2015년 12월 1일 화요일

11월 한달 간의 상단전 수련이 잘 마무리되었다.

특기할 만한 것은 상단전은 중단전이나 하단전처럼 열감으로 느껴지지 않는다. 이것은 아마도 수승화강(水昇火降)의 원리로 인한 결과로 보인다. 머리로 열기가 올라가면 좋지 않으므로 기감 상 다른 느낌으로 전해지는 것 같다. 욱씬거리며 묵직하며 미간 사이에 원통의 기운이 들어오는 느낌이 든다.

잘은 모르겠지만 상단전으로 들어오는 기운 자체가 다르기 때문에 그럴 수도 있을 것 같다. 뭐랄까... 단순한 열감이 아니고 신령한 파장의 에너지 같다고 할까? 꼭 초능력에 사용하는 에너지가 있다면 이런 느낌일 듯 싶다. 아무튼 다르다.

지난 한 달간 무사히 상단전 수련을 할 수 있도록 도움을 주신 지도령과 보호령에게 삼배하였다.

최근 연기화신 수련과 상단전 수련 중에 경험한 내용을 아래와 같이 적어본다.

1. 발바닥의 맥이 자주 뛴다. 꼭 발바닥이 자체적으로 숨을 쉬는 것만 같다.
2. 뒤 허벅지와 무릎 사이로 꼭 모래 알갱이 같은 기운이 흐른다.
3. 하루에 3~4명의 영가를 천도시킨다. 강한 영은 반나절 정도 걸린다.
4. 영이 나갈 때 예전처럼 위로도 나가지만 가슴 한가운데서 순간적으로 흩어져 버린다.
5. 한 호흡이 거의 1분에 가까워졌다. 들숨 25초, 날숨 25초, 총 50초 호흡 (원령이 빙의가 되면 들숨 20초, 날숨 20초, 총 40초 호흡)
6. 성욕이 일어났다가 자연적으로 사라진다.
7. 좌선 중에 꼭 궁전 같은 곳의 의자에 앉아계신 한인천제님을 보았다. (한웅천황님과 다르게 도포가 유난히 흰색이다.)

2015년 12월 19일 토요일

저녁 한 끼니를 생식으로 한 지 일주일이 지났다.

특기할 만한 점은 예전에 수련 초기에 생식을 할 때에는 기운도 강하게 들어왔었지만 허기도 상당하였다. 그런데 최근 다시 생식을 하는 동안에는 배고픔을 전연 느끼지 않는다. 수련이 조금 깊어진 거 같은데 삼공 선생님이 하루 세끼 모두를 생식으로 먹어도 허기를 느끼지 않는다는 말이 실감난다.

처음에는 삼공 선생님은 외부로 돌아다니지 않고 주로 실내에서 생활하시고 비교적 활동을 많이 안 하니까 그러겠지 했는데 이것은 천지기운을 그만큼 더 끌어 오는 것이다. 인간이 음식을 통한 지기흡수를 천지기운으로 대신하는 것이다.

옛날 도인들은 아침 이슬과 솔잎만 먹고 살았다는 것이 전혀 근거 없어 보이지 않는다. 도력이 높아지면 높아질수록 식사량과 수면욕이 줄어드는 것으로 보인다. 서경덕 선생이 며칠 낮 며칠 밤을 지새우고도 조금도 피곤한 기색이 없었다는 말이 실감난다.

오늘 오전 수련에는 간만에 숙면을 취해서 인지 빙의가 되어 있는데도 기가 상당히 들어왔다. 빙의령에 집중하니 빙의령은 보이지 않고 갑자기 파랑색의 공간이 보인다.

어두운 긴 터널을 지난 맨 끝 부분에 천지 같은 파랑색 하늘이 보인다. 어찌 보면 우주공간처럼도 보인다. 이 장면이 다시 땅 아래 화면으로 바뀐다. 땅속 깊은 곳으로 화면이 끌려 내려가다 다시 파랑색 하늘이 보인다.

이런 장면을 몇 번 더 반복하다가 수련을 마쳤다.

2016년 1월 4일 월요일

좌선한 후에 호흡에 들자 왼쪽 머리 위로 백광(白光)이 비친다. 마치 태양 같은 흰 빛 덩어리가 수련 내내 머리 위를 비치고 있다. 이 흰 빛 덩어리가 무엇인지 예전에 얼핏 들은 적이 있다.

연정원의 "민족비전정신수련법" 책을 다시 읽어보니 "회광도전(回光導前)"이라고 한다. 물론 이 빛이 한동안 지속적으로 나타나야 진짜 광선이라고 한다.

좌선 중에 여러 장면의 화면이 보이는데 이전과는 좀 다른 장면들이다. 서로 연관성이 없는 화면들이다. 이럴 땐 하단전에 집중해야 한다.

원래는 암송을 버리고 수식관 호흡에만 집중하려 하였으나 "조화주 한기운"을 다시 암송하였다. 50초 호흡을 유지하고 좌선 수련을 마치기 10분 전에 1분 호흡을 시도하였다.

1분 호흡을 하면서 경험하는 것은 이 호흡의 길이가 꼭 무슨 경계를 넘어가는 느낌이 든다. 이 상태가 안정이 되면 삼매에 들어갈 수 있을 것으로 본다.

어제 저녁에 빙의령이 들어 온 상태인데 크게 불편하지는 않고 전중 부분이 약간 뻐근하다. 출근 시 차 안에서 천도시켰다. 집중을 하지 않은 순호흡 상태인데 자연스럽게 나가는 느낌이다.

이대로만 간다면 조만간 한 소식도 할 수 있을 것만 같다. 이럴 땐 한 동안 수련에 매진해야 한다. 당분간 주색잡기를 멀리하고 주변정리와 불필요한 만남을 자제할 예정이다.

토요일에는 도봉산 등산을 마치고 내려오는데 양쪽 귓속 모두가 뜨겁게 달아올랐다.

2016년 1월 20일

오전 수련에 좌선 후 호흡에 들어가는데 갑자기 오른쪽에서 한 화면이 솟아오른다. 이전에는 양미간 사이의 상단전 정면에서만 화면이 보였는데 처음 있는 일이다. 집중해서 보니 상반신만 보이는 남자가 무슨 말을 하고 있는데 도저히 못 알아듣겠다.

아마도 수련에 관한 말로 보이는데 잘 모르겠고 화면이 선명하지가 않다. 나름 열심히 무엇인가 설명하는 거 같은데 못 알아들으니 내심 미안한 생각이 든다. 그러나 어쩌랴 내 수준이 이거 밖에 안 되는 것을.. 이럴 때는 자괴감이 든다.

무슨 특정한 장소로 보이고 이 분 등 뒤에는 몇 사람이 더 있다. 각자 할 일들을 하는 것으로 보이고 무엇인가 연구하는 분위기이다.

이 화면이 사라지고 갑자기 등 뒤에 하늘에서 내려온 천선줄이 소용돌이친다. 이 천선줄이 머리 위에 연결되면 꼭 입정에 들어가고 부동자세가 되곤 한다. 최고의 컨디션, 최고의 호흡, 아마도 수련이 한 단계 발전하는 순간인 거 같았는데 서서히 천선줄이 다가오는 바로 그 순간! 갑자기 숨이 탁~ 막힌다.

그분이 오신 것이다 아! 제발 수련 좀 하자 이 징글징글한 빙의령들아 나도 좀 살아야지... 엔간해야 화를 안 내지... 이젠 하다하다 좌선 중에도 들어오네. 하도 강한 영이라서 앉아 있기도 힘드네 젠장... 아쉬움을 뒤로 하고 순호흡으로 마무리 하였다.

요즘에는 쌩판 처음 보는 사람들의 조상령들도 들어온다. 전화통화만 해도 그 순간 숨이 탁 막히며 가슴이 조여 온다.

그러나 어쩌겠나! 이것도 다 하화중생인 것을 그저 팔자려니 해야지...

어제는 운전을 하며 고속화도로를 달리는데, 상반신만 느껴지는 남자령이 저 멀리서 내 머리 뒤로 다가온다. 이 분은 떠도는 영이나 지박령으로 느껴졌는데 무슨 말을 하려고 하는 거 같다. 그러나 역시 못 알아들어서 그냥 못 본 체하고 지나쳤다.

요즘에는 아무리 강력한 영이 들어와도 호흡을 강하게 하면 엄청나게 강렬한 기운이 들어온다. 너무나 뜨거운 기운이라서 온몸을 휘감는 이 기운이 꼭 나를 다 태워버릴 거 같은 느낌이다. 이런 기운을 대체 어떻게 끌어 오는 것일까?

이럴 때는 자꾸만 온몸으로 호흡하고 싶어진다, 내 몸 전체가 마치 하나의 단전이 된 기분이다. 빙의가 안 된 상태라면 꼭 천지기운을 다 흡수할 거 같은 느낌이다.

최근 들어 종종 사무실에 앉아 있으면 포근하고 신령한 기운이 온 몸을 감싸고 있다. 이런 느낌을 뭐라고 할까... 꼭 내가 신령한 존재, 커다란 존재가 된 기분이다. 잔잔한 파장 같은 기운이 온몸을 순환하고 다닌다. 딱히 표현할 말이 없다.

어제와 오늘은 하루 종일 백회로 오행의 기운이 번갈아 가면서 들어오고 있다. 빙의가 되어있는 상태인데도 전연 개의치 않는 느낌이다. 주변 사람들이 자꾸만 나에게 친절하게 말을 건넨다. 생판 처음 보는 사람들인데도 마치 오래 된 친구들처럼 다정하게 다가온다.

조화주 본성, 조화주 하느님, 조화주 무심... 천지신명에게 감사한다.

2016년 1월 30일

선도수련(仙道修鍊)을 하려면 맷집이 강해야 한다. 여기서 말하는 맷집이란 정신력과 체력이다.

가끔 권투선수들의 명승부를 보면 반전이 있는 특이한 상황이 종종 벌어지는데 처음에는 상대방보다 더 많이 맞은 놈이 나중에 결정적인 한방으로 KO승을 거두는 경우가 있다.

이런 사람이 맷집이 강한 선수인데 결국 이 맷집이 강한 선수가 최종 승리자가 된다. 소나기 같은 잔 펀치와 핵폭탄과 같은 메가톤급 주먹을 맞으며 끝까지 버티는 그 무서운 맷집. 이쯤 되면 때리는 상대방이 오히려 두려움에 주춤하게 된다. 왜냐하면 이럴 경우 잘못하면 때리는 놈의 체력이 소진되어 오히려 카운터 펀치 한방에 쓰러질 수 있기 때문이다.

그 옛날 무하마드 알리와 조지 포먼의 명경기를 보면 금방

이해가 갈 것이다. 훌륭한 스승을 만날 수 없다면 우리는 이 맷집 하나로 버텨내야 한다. (_ _)

강력한 빙의령이 들어오면 그 고통이 정말 상상을 초월한다. 죽지는 않겠지만 꼭 죽을 것만 같다. 이 원령 중에서도 정말 특이한 파장을 내보내는 영들이 있는데 이 영들은 원한이 대단히 깊거나 죽은 지 상당히 오래된 영들로 보인다.

수련자 몸에 전해져 오는 느낌이나 고통도 뭐라 딱히 표현하기가 힘들 정도로 특이하다. 잘못하면 손기가 순간적으로 발생하여 주저앉을 수도 있다. 그러나 이 빙의령들도 결국 사명을 받고 오는 것이니 너무 미워해서는 안 된다.

이렇게 너무 고통스럽다 보니 대부분의 선도수련자들이 이 빙의굴 단계에서 포기하는 경우가 많을 수밖에 없다. 이 무서운 빙의굴 단계를 난 홀로 수련하며 타고난 맷집 하나로 이겨내었다.

그렇다면 이 맷집이 약한 수련자는 어떻게 해야 하나? 우선 삼공 선생님 같은 훌륭한 스승을 찾아야 한다. 그러나 이 훌륭한 스승을 만나기가 어렵다면 수련자 스스로가 맷집을 키울 수밖에 없다.

그럼 맷집을 어떻게 키워야 하나?

『선도체험기』에 나와 있는 기공부, 마음공부, 몸공부를 생활

화해야 한다.

여기서 가장 급한 것은 바로 맺집과 직접적인 관련 있는 몸 공부이다. 우선 몸공부는 누구나 당장 내일이라도 실천할 수 있는 등산과 조깅이 있다.

체중이 많이 나가는 분들은 처음부터 너무 무리하지 마시고 그냥 오래 걷기만 해도 괜찮다. 빨리 걷기가 좋다고들 하는데 처음부터 무리하게 그럴 필요 없다. 그냥 1시간이고, 2시간이고 just walk, 즉 걷기만 하셔도 좋아진다. 맺집 하나로 버텨온 그 고통의 시간들.. 주마등처럼 스쳐 지나간다.

2016년 2월 4일 목요일

가부좌를 하고 수련에 들었다.

호흡을 고르자 주천화후(周天火候)가 강하게 일어난다. 너무 더워 가디건을 벗어 던지고 다시 수련에 들어갔는데 여전히 덥다. 얇은 윗도리 하나만 입었는데 열감이 너무 심해 결국 모두 벗고 다시 좌선에 들었다.

웃통 벗고 좌선하기는 처음이다. 최근에 이 주천화후가 너무 강렬해졌다. 무슨 이유인지는 모르겠지만 1분 호흡을 시작하면 열감이 전신에 상당히 강하게 느껴진다.

10초 호흡, 14초 호흡, 20초 호흡, 30초 호흡, 40초 호흡, 50초 호흡, 1분 호흡...

1분 호흡에 들어가자 갑자기 인당에서 환한 빛이 퍼지며 수많은 사람들이 보인다. 모두 우두커니 나를 바라보고 서 있는데 흐릿한 상태라 선명하게 보이지 않는다.

이게 정확하게 말하자면 한 꺼풀 베일이 드리워진 느낌이다. 이 장막을 걷어내야 선명한 화면을 볼 수 있을 거 같은데 아직 기력(氣力)이 모자라서인지 지도령의 간섭작용인지 잘 모르겠다.

열감이 강해진 것을 보면 기력 문제는 아닌거 같고 아무래도 지도령의 간섭작용으로도 보인다. 특기할 만한 것은 화면의 크기가 와이드 크기로 바뀌었다. 가로의 크기가 상당히 넓어진 느낌이다.

무심히 화면을 주시하며 호흡을 지속하자 느낌상 이 분들은 저쪽 세상 사람들로 보이고 모두 내가 앞으로 천도시켜야 할 분들로 보인다. 화면이 사라지자 그 순간 원령 한 분이 천도되어 나간다. 이 와중에 강력한 영들이 천도되고 들어오고를 반복하고 있는 것이다.

개인적으로 맨 처음 영안이 조금씩 열리기 시작한 것은 삼태극을 보고 나서부터이다. 대주천 수련이 끝나갈 무렵으로 기억하는데 어느 순간부터 좌선하고 앉으면 삼태극이 인당에서 오른쪽으로 빙글빙글 돌곤 하였다. 이 시기부터 영안이 조금씩 열리기 시작한 것으로 보인다.

그러나 이 화면이 지금보다 조금만 더 선명하다면 좋겠는데.. 가끔 답답할 때가 있다. 문득 이런 비슷한 고민을 한 제자 분에게 삼공 김태영 선생님이 하신 말이 생각난다.

"지금 문밖에는 놀랄 만한 소식이 기다리고 있습니다, 초조해 하지 말고 한눈팔지 말고 수련에 매진하세요."

2016년 2월 13일 토요일

좌선을 하고 호흡에 들어가자 흐릿하게 화면이 보인다.

어느 고승의 뒷모습으로 보이는데 앞에는 여러 명의 제자로 보이는 분들이 앉아있다. 집중하자 화면이 바뀌면서 정면의 모습이 보이는데 확실하지가 않다. 이 분과 관련된 화면이 몇 장면 더 보이는데 그저 고승이라는 느낌만 들뿐 더 이상 잘 모르겠다. 머리를 깎은 모습이고 스님들이 입는 도포를 걸치고 있다. 비교적 젊은 분이시다. 나와 관련이 있는 것도 같고 아닌 것도 같다.

얼마 전 수련 중에 비슷한 화면을 본 일이 있는데 관련이 있어 보인다. 그때와 같은 분으로 보이고 고승인데 상당히 젊은 나이에 견성하신 것으로 보이고 제자가 많고 특이하게 상당히 미남이시다.

가슴이 답답해지자 호흡에 집중하고 기운을 더 안정시켰다. 빙의령을 불러 함께 수련하도록 파장을 보냈다.

최근에 보이는 화면의 특징은 호흡이 깊어지면서 인당에서 갑자기 환한 빛이 번쩍인다. 이렇게 환한 빛이 보이면 좌선하고 앉아 있는 내 주변이 더 밝아진다. 마치 형광등을 몇 개 더 켜놓은 것처럼 정면이 더 밝아지는 느낌이다.

지금까지의 여러 화면들을 종합해 보면 영안으로 자주 보이는 화면의 스타일은 아래와 같이 총 3가지로 볼 수 있다.

1. 여러 가지 천연색의 배경에 동그란 화면으로 보인다. 이 화면은 주로 과거생에 일어났던 실제의 사건이나 모습들이다. 수련과 관련된 신명이 보일 때에도 이 화면으로 나타난다. 빙의령의 살아생전 실제 모습도 이 화면으로 보이는데 때로는 사진처럼 보일 때도 있다.
2. 너무나 선명한 영들의 모습이 보인다. 주로 상반신만 보이며 때로는 본인의 이름이나 나에게 직접적인 말을 건넨다. 실시간 화면처럼 움직이고 말을 한다. 그런데 이 화면이 보이면 너무나 선명하고 대화까지 할 수 있는 상

태여서 조금은 피하고 있다. 영들이 말을 건네오면 무의식적으로 피하게 되고 자연스럽게 하단전에 집중하게 된다. 그러나 이제부터는 대화를 해볼 작정이다. 주로 특별한 빙의령이나 사명이 있는 영들과 만났을 때 나타나는 화면으로 보인다. 이 화면은 실시간 화면처럼 너무나 생생하게 보인다.

3. 인당에 섬광이 번쩍이며 주변이 밝아진다. 저쪽 세상으로 보이는 배경이 보인다. 이 화면에 등장하는 분들은 선계나 다른 차원에 존재하는 분들로 보인다. 주로 우두커니 서있거나 특별한 장면을 보여준다. 스스로 화면의 의미를 찾아야 한다. 1분 호흡을 시작하고부터 나타난 화면이다.

영안으로 보이는 화면의 상태는 개인차가 있을 것으로 보인다. 그러나 이 때 주의할 점은 절대로 억지로 보려고 하면 안 된다는 것이다. 잘못하면 접신이나 저급한 영이 들어 올 수 있다. 좌선 중에는 욕심을 버리고 무심으로 바라봐야 한다. 부동심이 흔들릴 땐 "조화주 무심(無心)"을 암송한다.

호흡의 길이 또한 마찬가지이다. 호흡의 길이를 늘이려 할 때 주의할 점은 절대로 억지로 늘이면 안 된다는 것이다. 호흡의 길이를 늘릴 때 반드시 기운을 느끼고 축기가 되어야 한다.

호흡을 평소보다 더 길게 해보고 기운의 상태를 살펴보아야 한다. 같은 호흡으로 30분 이상 갈 수 없다면 아직 늘리면 안 되는 상태로 봐야 한다. 이때에도 반드시 욕심을 버리고 무심으로 나아가야 한다.

최근 들어 원령이 들어오면 기운이 중단으로 집중되는 경우를 종종 경험하는데 좀 특이한 것이 있어 주의 깊게 살펴보았다. 기운이 중단으로 집중되는 것은 빙의가 되면 가슴이 막히고 전중혈이 눌려 있어서 그런 것으로 보이는데 이곳으로 총 세 군데 신체의 부분에서 기가 몰려들어 온다.

가만히 살펴보니 머리 뒤 부분, 가슴 뒤 부분, 아랫배 뒤 부분이다. 한 호흡을 하면 이 세 가지 부위에서 동시에 뜨거운 기가 흘러나와 중단으로 집중되어 들어온다. 너무나 뜨겁고 강한 기운의 정체는 바로 이 세 가지 부분에서 동시에 흘러나오는 것이다.

이제 곰곰이 생각해 보면 상단전, 중단전, 하단전에 축기 된 기운이 한 곳으로 집중되는 것이다. 결과적으로 상, 중, 하단전이 정상적으로 축기가 되고 있는 것이다. 이것이 바로 선도수련의 특징이고 삼공 김태영 선생님이 말씀하신 상, 중, 하단전에서 골고루 기가 나오는 것이다.

2016년 2월 15일 월요일

지난주에 다시 한번 기가 변하였다.

그런데 특기할 만한 것은 수련이 진전되면서 기운이 변화는 시간도 짧아지는 것으로 보인다. 삼합진공시에는 거의 한 달 이상 기갈이를 하였는데 이제는 단 몇 시간 만에 변하고 있다. 그만큼 기력이 좋아진 것으로 본다.

이번에는 대략 3~4시간 정도만 기갈이가 진행된 것으로 보이는데 이번 기색 변화 후 가장 큰 변화는 빙의령으로 인한 불안감이 많이 사라진 것이다. 한 달 전에 기갈이 후 빙의령으로 인한 피곤함이 사라졌는데 이번에는 불안감이 사라진 것이다. 이 현상은 좀 더 지켜봐야 할 것으로 본다.

삼합진공 후에는 빙의령으로 인한 상념의 파장이 사라진 경험을 하였는데 기력이 발전하면서 빙의령으로 인한 고통들이 한꺼풀씩 벗겨지는 느낌이다.

빙의령이 들어오면 여러 가지 증상들이 있지만 대략 아래의 5가지의 증상이 가장 고통스럽다.

* 빙의 증상

첫째, 상당한 피로감

이 증상은 주로 아침에 일어날 때 가장 두드러지게 나타나는데 꼭 중노동을 한 다음날과 같다. 충분한 휴식의 시간을 가졌음에도 잠이 쏟아지고, 무기력해지고, 육체피로가 몰려온다. 이 피로감은 삼합진공 후 점차 나아지나 최근에 연기화신을 끝내고 거의 사라진 상태이다.

이 육체적인 피로감이 심하면 좌선시에 앉아 있기조차 상당히 힘이 든다. 까닥 잘못하면 좌선 중에 졸음에 빠질 수 있다. 이럴 땐 차라리 편안하게 조금 더 잠을 자는 것이 수련에도 도움이 된다. 조금 더 충분히 자면 어느 정도는 피로감을 회복할 수 있기 때문이다. 잠에서 바로 깬 맑은 상태에서 즉, 최상의 컨디션일 때 좌선에 들어야 한다.

둘째, 극도의 불안감 (우울증)

이 지랄 같은 불안감이 가장 큰 문제다. 처음에는 이유도 없이 어느 순간 불안감이 몰려오고 더 심해지면 자다가도 일어나게 된다. 원인을 알 수 없는 불안감 때문에 심각한 불면증에 시달리는 것이다.

최근에 공황장애 같은 증상을 앓고 있는 분들이 많은데 이런 빙의령들이 원인일 수 있다. 이런 불안감들은 대부분이 이유 없이 몰려올 때도 있지만 개인적인 경험으로는 일상에서 긴장할 경우에도 그 긴장감이 배가되어 불안감으로 몰려온다.

즉, 이유가 원인이 있는 극도의 불안감들도 이런 빙의령들의 작용인 것이다. 이럴 때 가장 좋은 방법은 빙의령의 정체를 알아내는 것이 좋은데 아직 영안이 열리지 않았다면 그 불안감과 그 불안감의 파장을 일으키는 빙의 자체를 주시한다.

셋째, 지나친 성욕

이 부분은 연정화기가 정착되면 어느 정도 제어가 가능하다. 단, 강한 영이 들어 왔을 때에는 무의식적으로 성욕이 강해지는데 이럴 땐 주의해야 한다.

역시나 이럴 때 가장 좋은 방법은 빙의령의 정체를 알아내는 것이 좋은데 아직, 영안이 열리지 않았다면 그 성욕과 그 성욕의 파장을 일으키는 빙의 자체에 주시한다. 이 시기에는 가급적 이성간의 접촉을 피하는 것이 좋다.

그러나 우리에겐 접이불루와 연정화기가 있으니 두려울 것이 없다. 왜냐? 사정을 안 하니까. 아니 조절할 수 있으니까. 선도수련은 크게 두 시기로 나눌 수 있다. 접이불루와 연정화기가 가능한 시기와 그렇지 못한 시기이다.

넷째, 잘 들어오던 기운이 끊긴다.

정상적으로 기운이 돌고 있는지 확인하려면 한 호흡만 해보면 금방 알 수 있다. 하단전으로 기가 들어와 온몸으로 퍼져 가는 것만 확인하면 된다. 즉, 주천화후(周天火候)가 잘되고 있는지 살펴보아야 한다. 특히 전중 부분에 뜨거운 기가 느껴지지 않는다면 100% 빙의령을 의심해 봐야 한다.

그러나 이 부분도 어느 정도 수련이 진전되면 빙의령이 들어와 있어도 몇 번만 강하게 호흡하면 바로 기가 올라오는 것을 느낄 수 있다.

다섯 째, 가슴이 답답하다.

빙의령이 들어 왔을 때 가장 전형적인 증상이다. 숨이 턱턱 막히고 하단전까지 호흡이 내려가지 않는다. 무엇인가 명치끝을 누르고 있는 거 같고 심장을 짓이기는 듯한 그런 느낌으로 복부가 팽창하며 가슴에 바위덩어리를 올려놓은 듯한 그 엄청난 고통...

특히나 원령(怨靈)에게 빙의가 되면 그 고통은 상상을 초월한다.

한마디로 당해보지 않은 사람은 모른다. 최근에 기력이 향상되면서 이 가슴통증도 점점 줄어들고는 있으나

아직 원령이 들어오면 여전히 통증이 전해져 온다. 오늘 퇴근길에 원령이 너무 가슴을 누르고 있어 집중하고 호흡에 들어가니 대략 20분 정도 후에 통증이 사라진다.

빙의령을 이기는 방법은 하나밖에 없다. 기력(氣力)이 강해져야 한다. 아무리 힘들어도 어금니 꽉 깨물고 버텨야 한다. 빙의령들을 물어 뜯어서라도 기력을 향상시켜야 한다.

조금만 더 가면 된다. 이제 거의 다 왔다. 그동안 어떻게 이 먼 길을 걸어 왔었나. 누구에게도 말 못한 그 통한의 시간들을 어떻게 잊을 수가 있나? 기력으로 안 된다면 정신력과 깡으로, 악으로 버텨야 한다. 하단전에는 늘 뜨거운 기운이 들어오고 백회 위에는 늘 신령한 기운이 머무는 그 순간까지 무상(無常)의 집을 짓는 그자를 만나는 그 순간까지...

* 스트레스

그런데 가만히 보면 위의 5가지 증상들은 일반인들이 스트레스를 받았을 때와 증상들이 유사하다. 그렇다면 위의 증상들은 일반인들에게는 단지 스트레스에 불과할까?

결론은 아니다. 개인적인 경험으로는 둘이 같이 오는 경우가 많다. 아주 오래 된 친구 사이처럼, 연인 사이처럼... 이럴 땐 선도수련자조차 스트레스가 원인인지 빙의령이 원인인지 헷갈릴 때가 있다.

이렇다 보니 의사들은 위의 빙의 증상들을 단순히 스트레스성 장애로만 볼 수 있다. 뭐 엄밀히 말하자면 그들의 말도 전혀 틀린 것은 아니다. 그러나 개인적인 경험으로는 스트레스를 받고 있는 사람이 있다면 그 스트레스로 인한 불안감이나 피로감이 두 배, 세 배로 배가되어 다가온다.

빙의령들은 이런 무방비 상태에 놓인 사람들에게 교묘한 형태로 슬며시 들어온다. 마치 그 스트레스의 원인이 본인들과는 전혀 관계가 없다는 듯이 구렁이 담 넘어 가듯...

특히나 요즘 한국인들에게 많은 우울증, 분노조절장애, 정신병, 자살, 치매, 자폐증 등은 상당한 연관성이 있을 것으로 본다. 전 세계 자살 1위... 대한민국, 왜 이럴까? 과연 단순히 스트레스만이 원인일까?

여기서 한 가지 더 의문점은 왜 유독 대한민국에만 자살률이 높고 빙의령들이 많을까? 그것은 아마도 급격한 변화로 인한 스트레스, 수 많은 외세의 침략으로 인한 억울한 죽음들, 죽어서도 풀지 못하는 너무나 깊은 한과 사연들, 이런 것들이 원인이지 싶다. 대한민국을 떠도는 영혼들이여 이제 그만 편히 잠드시길...

2016년 2월 21일 일요일

어제 저녁에 다시 한번 기가 변하였다. 대략 4~5시간 동안 내내 하단전과 중단전이 달아올랐다.

오늘 도봉산 등산 후 하산 중에 빙의령을 천도시켰는데 그 순간부터 갑자기 이유 없는 즐거움이 차오른다. 마음 깊은 곳에서부터 원인을 알 수 없는 기쁨이 서서히 달아오르기 시작한다. 최근에 이런 일이 종종 있는데 빙의령이 모두 나가고 중단이 완전히 열려 있을 때 그렇다.

이런 것이 법열인 것으로 보이는데 꼭 미륵보살의 염화미소와 같다. 특별한 이유는 없지만 잔잔한 기쁨, 너무나 편안하고 평화로운 느낌... 이런 상태를 어떻게 말로 표현할 수 있을까? 견성 후에는 이런 상태가 언제나 유지 된다고 하니 얼마나 행복할까?

최근 들어 빙의령의 존재들도 다른 양상을 띠고 있다. 단순한 원령들이 아니고 좀 더 고차원적인 존재들로 느껴진다. 이전에는 주로 3~4명씩 집단으로 원령들이 들어 왔었는데 지난 주부터는 1~2명의 수준 높은 빙의령들이 들어온다. 빙의령들이 들어오면 감정을 증폭시키는 파장을 내보내는데 요즘에는 이런 파장을 붙잡아 놓기 위해 항상 하단전에 집중하고 다닌다.

이런 특이한 빙의령들의 파장은 불안감, 우울증, 폭력성, 조급증 등을 증폭시킨다. 빙의령들에게 휘둘리지 말고 휘말리지 말아야 이런 불안정한 파장이 현실 속에 간섭작용을 일으키지 못한다. 빙의령이 내뿜는 파장을 붙잡아 둘 수 있는 건 오로지 관(觀)이 있을 뿐이다.

"빙의령에게는 바로 이때 그 지켜보는 눈빛에 실린 에너지의 작용으로 환골탈태의 대변혁이 일어납니다." - 삼공 선생님 -

2016년 2월 24일 수요일

최근 들어 몸이 최상의 컨디션으로 유지된다. 몸과 마음이 점점 평온해진다. 아래와 같이 몇 가지 변화를 적어본다.

1. 중단이 완전히 열리는 경험을 자주 한다.
2. 황홀함과 평안함을 자주 느낀다.
3. 최상의 컨디션이 유지되고 지병인 팔의 통증이 거의 사라졌다.
4. 빙의령이 들어와도 기를 많이 빼앗기지 않는다.
5. 빙의령 천도시간이 대중없지만 평균 1~6시간 정도 걸린다.

2016년 2월 27일 토요일

지난 목요일부터 근래 드물게 오래 머무는 영이 들어와 있다. 오늘까지 3일차인데 꼼짝을 안 한다. 별다른 고통은 없어서 주시만 하고 있다가 오늘은 작정하고 화면에 집중하였다. 좌선하고 상단전에 집중하는데 느닷없이 서울의 풍경이 떠오른다.

이건 무슨 의미일까? 빙의령에 집중하는데 뜬금없는 서울의 풍경이 여러 장면 보인다. 한가롭고 평화로운 오후의 장면들이다. 이런 여러 장면이 1~2분 지나가고 결국 수련을 마쳤다. 나중에 곰곰이 생각해 보니 이것이 간단한 투시를 경험한 것으로 보인다.

2016년 3월 15일 화요일

원령 빙의 20일차

지난 2월 25일 들어왔던 강력한 원령이 드디어 오늘 천도되어 나갔다. 특이한 것은 들어올 때 시간과 천도된 시간이 오후 1시~오후 2시 사이로 거의 비슷하다.

오늘이 정확하게 빙의된 지 20일째로 거의 3주 만에 나간 것이다. 작년 삼합진공 이후에 이렇게 오랫동안 머물다 나간 경우는 처음이다. 아무튼 수련이 얼마큼 더 발전할는지 지켜 봐야겠다.

지난 2월 인과로 인한 사고수가 무사히 넘어가 다행이다. 천지신명에게 감사한다.

비록 원령으로 고생은 했지만 나름 의미 있는 경험이었다. 어렵게 영안으로 본 원령은 상당히 고급스런 한복을 입은 임금이 되기 전 대군(大君)으로 보였다.

2016년 3월 21일 월요일

지난 토요일에는 도봉산 등산을 하면서 오랜 전 다니던 코스인 우이암까지 가 보았다. 겨울에는 추워서 장거리 코스를 잘 가지 않는데 이번 주말에 날씨가 풀려서 한번 시도해보았다.

아주 오래 전 30대 초반에는 도봉산 입구를 거쳐 만월암→포대능선→Y계곡→자운봉→우이암→북한산 입구까지 가곤 했었는데 40대 들어서는 거의 15년 만에 처음 가 보았다. 정말 감회가 새로웠다. 걷다 보니 예전 코스의 기억이 새록새록 되살아났다. 조금 변한 것들도 있었지만 예나 지금이나 그다지 크게 변한 것은 없어 보였다.

그런데 우이암에 도착하여 도봉탐방센터로 막 돌아서 내려가려는데 그만 길을 잃고 헤매었다. 절벽으로 굴러 떨어지고 길이 아닌 곳으로 잘못 들어가서 한바탕 조난 아닌 조난을 당하였다. 덩쿨에 빠지고 구르다가 바위에 무릎을 부딪혀서 피까지 보았다. 아! 내가 도봉산에서 조난을 당할 줄이야...

엎친 데 덮친다고 정신 나간 놈처럼 이리저리 길을 찾고 있는데 갑자기 가슴이 심하게 조여 온다. 그분이 온 것이다. 선령(善靈)으로 느껴지는데 기운이 상당히 강력하다.

아무튼 한참을 헤매다가 거의 숨이 넘어가기 직전 어찌어찌해서 작은 옹달샘에 다다라서야 겨우 한숨을 돌렸다. 잠깐 숨을 돌리려는데 양쪽 허벅지에서 쥐까지 난다. 역시 산에서 길을 잃으면 평정심을 잃고 심신이 피곤해진다.

도봉산을 예전부터 꽤나 다녔는데 원통사로 내려오기는 이번이 처음이었다. 한참을 걸어 내려오는데 웬걸.. 눈앞에 갑자기 절경이 나타난다. 좌측에는 시냇물이 흐르고 우측에는 돌담길이 끝도 없이 펼쳐진다. 푯말에 무수골 입구라고 적혀있다.

2km 정도라고 이정표에는 나와 있는데 체감 상으로는 훨씬 더 길게 느껴졌다. 기나긴 돌담길을 지나자 수목원 같은 울창

한 숲이 펼쳐진다. 꼭 광릉수목원이 연상된다. 아직 겨울이라 푸르지는 않지만 곧 다가오는 봄이나 여름에는 그야말로 절경일 것으로 보인다.

오전 10시 정도에 산을 오른 거 같은데 거의 오후 5시가 다 되어서 내려왔다. 중간에 헤매지만 않았어도 더 빨리 하산했을 텐데.. 거의 초주검이 다 돼서 내려왔다. 본의 아니게 길을 잃고 새로운 등산로를 찾은 셈이다.

집에 와서 무수골에 대해서 구글링을 하는데 근심걱정이 없는 마을이란 뜻이고 서울에서 마지막 남은 농경지라고 한다. 그래서인지 지나오다 보니 주말 농장 같은 것도 보인 듯하다. 가족등반도 좋을 거 같고 연인들 데이트 코스하기도 상당히 괜찮을 듯하다.

우이암에서 빙의된 영을 파악하기 위해 일요일 오전 수련시간에 잠깐 집중하는데 강력한 영이라서 그런지 잘 보이지 않는다. 간단하게 좌선을 마치고 오늘 아침 월요일 오전에 다시 빙의령에 집중하였다.

우이암에서 헤매다가 들어 온 영이라서 도봉산에서 실족사한 사람의 영인 것만 같았다. 그러나 영안으로 빙의령을 본 순간 나의 예상은 완전히 빗나가고 말았다.

5~10분 동안 상단전에 집중하는데 갑자기 한 화면이 나타난

다. 꼭 고려시대 왕비 옷 같은 옷을 입은 여인이 무심코 먼 곳을 응시하고 있다. 황후가 입는 고급스러운 한복인데 보라색 바탕에 큰 물방울 무늬같은 것이 보인다.

이 화면이 사라지고 번쩍거리는 갑옷을 입은 웬 젊은 장군이 말을 타고 힘차게 달리는 장면이 보인다. 다시 화면이 바뀌고 처음 보았던 고려 왕후 같은 여인과 그 젊은 장군이 함께 다정하게 서있는 장면이 보인다. 높은 누각 같은 곳에 올라 먼 곳을 같이 바라보고 있는데 그 남자는 면류관 같은 것을 쓰고 있다.

이 화면들이 차례로 지나가고 더 이상 아무런 장면도 보이지 않아 다시 하단전에 집중하였다. 좌선 후에 이게 무슨 드라마의 한 장면도 아닌데 무엇을 의미하는 것일까? 출근 중에 차 안에서도 이 장면들이 한참 동안이나 나의 뇌리에서 떠나지 않았다. 우이암에서 들어온 빙의령은 그 고려왕후 같은 여인이었다.

2016년 4월 21일 목요일

최근 강력한 영들을 지속적으로 천도시키더니 오늘 저녁부터 새로운 기운이 들이온다. 퇴근 후에 내 방으로 들어와서 의자에 앉자마자 백회로 상당한 천기(天氣)가 들어온다. 오랜만에 머리 위가 빼근할 지경이다.

특이한 것은 좌선 수련하는 장소인데 퇴근하고 내방에만 들어오면 막혔던 기운이 들어온다. 빙의령이 들어와도 고통이나 손기 현상이 별로 없다. 내 몸을 감싸주듯 따뜻하고 편안한 기운이 느껴진다. 아마 이런 현상이 삼공 선생님의 삼공재와 비슷한 경우일 것으로 보인다.

선도수련자가 한 장소에서 오래 수련하면 그 자리에 기운의 장이 형성되는 것이다. 자기 자신이 수련하면서 머물렀던 바로 그 자리가 명당이 되는 것이다. 천기와 지기를 받을 수 있을 정도로 수련이 발전하면 스스로 기운을 정화시키는 것이다.

정화된 그 자리에서 기가 느껴진다. 풍수에서 보는 명당은 포근하고 마음이 편해지는 그런 기운이 느껴지는 장소이다. 바로 이런 기운이 잔잔한 파장처럼 다가온다. 수련이 어느 정도 깊어지면 굳이 기운이 좋은 곳을 찾아다닐 필요가 없어 보인다.

2016년 5월 22일 일요일

오전 수련에 좌선하자마자 영안에 무슨 수레바퀴 같은 것이 보인다. 황금색 원형의 수레바퀴인데 나선형의 무늬가 선명하게 그려져 있다. 이 수레바퀴가 쉬지 않고 돌아간다. 꼭 무슨 티벳 불교에 나오는 윤회의 수레바퀴처럼 보인다.

어제는 컨디션이 최악의 상태였는데 끝까지 도봉산을 완주하였다. 원령까지 들어와서 정말 죽는 줄 알았네... 기운이 스멀스멀 빨려나가는 느낌은 정말 당해보지 않은 사람은 모른다. 꼭 곰이 쓸개즙을 빼앗기는 느낌이 이런 기분이 아닐까? 이럴 때는 졸음도 급속히 오는데 막상 누우면 잠도 오지 않는다. 꼭 산 채로 고문을 당하는 느낌이다. (_ _)

그런데 빙의령 때문에 받는 이 정도의 고통은 이미 끝난 것으로 알고 있었는데 최근에 다시 반복되고 있다. 빙의령들의 급이 높아지면 어느 정도 기력이 받혀줄 때까지 또다시 적응기간이 필요한 것으로 보인다. 즉, 영력이 B급 정도인 영이 들어왔을 때 적응 기간을 마치면 빠르게 천도시킬 수 있지만 영력이 높은 A급 정도의 빙의령들이 들어오기 시작하면 또 다시 적응 기간이 필요한 것이다.

맨 처음 과정들이 한동안 지속되는 것이다. 천도시키는 시간도 한동안 1~5시간 정도로 단축하였다가 최근에 다시 하루 이틀로 늘어났다. 빙의령들의 레벨이 바뀐 것이다. 아! 언제나 이 징글징글한 빙의령들에게서 벗어날 수 있을까?

2016년 6월 13일

최근에는 중단전에 집중하면 백색의 타원형 자성이 보인다. 이것이 아마도 삼일신고에서 말하는 하느님이지 싶다. 조화주 하느님을 암송하며 몇 호흡만 하면 강하게 주천화후(周天火候)가 일어난다. 지극정성으로 하느님을 부르면 이미 너의 마음에 하느님이 내려와 있다라는 말이 실감난다.

"조화주 하느님, 내 안의 하느님"이 "우리들 내면의 하느님 마음"에 집중해야 한다. 이 자성수련법은 갑자기 중단전에 빙의령이 떼거지로 몰려오거나 강한 영이 들어오면 집중하곤 하는데 몇 번의 호흡만으로 중단전의 사기를 모두 중화시킨다.

늘 단전호흡을 자동으로 하고 하단전에 집중하며 빙의령을 주시하고 있으면 내면의 눈빛에 강력한 기운이 실린다. 이 강렬한 눈빛이 마치 프리즘처럼 한곳으로 모여 빙의령을 변화시킨다. 이럴 때는 상, 중, 하단전 세 곳에서 동시에 기가 흘러나와 하나의 신령한 힘을 발휘한다.

2016년 7월 6일 수요일

얼마 전에는 새벽녘에 잠을 자는데 누군가 내 몸을 열심히 만지작거린다. 새벽 2시 경이나 되었을까? 주무르는 강도가 점점 세어져서 나도 모르게 쌍욕이 나온다. 결국 짜증으로 벌떡 일어나 앉았는데 어렴풋이 홀딱 벗은 젊은 아가씨의 검은 실루엣이 보인다. 아! 이것들이 이젠 몽정을 안 하니까 하다 하다 별 짓을 다하네.

보통 이런 경우에는 저급령이 접촉을 시도하려는 경우가 많다. 수련자에게 빙의되었다가 주로 음기가 강한 새벽 2~3시 경에 몸 밖으로 나와 성관계를 시도한다. 수련이 잘되다가도 이놈들 때문에 자칫 잘못하면 사정을 하는데 조심해야 한다.

요즘에는 12시 경에 잠들면 4시 정도에 저절로 눈이 떠지는 편이라서 이렇게 잠을 설치면 힘들다. 어떻게 할까 고민하다가 『선도체험기』와 『구도자요결』을 머리맡에 두고 다시 잠에 들었다. 심리적인 효과도 있겠지만 가위가 심할 땐 종종 이런 방법을 이용하면 숙면을 취하곤 한다. 아니면 평소 좌선할 때 본인이 깔고 앉았던 방석을 옆에 두고 자는 것도 괜찮은 방법으로 보인다.

연정화기의 정착으로 몽정이 멈춘 지도 벌써 3개월이 다 되어간다. 성욕과 성기 위로 꼭 무거운 바위 덩어리가 올려진 느낌이 든다.

수련이 깊어질수록 한가지 특이한 것이 있는데 이 귀접을 시도하는 저급령들이 수련이 깊어질수록 점점 완전한 형태의 존재들이 되어 들어온다. 예전에는 꼭 형태가 안개 같거나 단순하게 흐린 형체를 하고 있었다면 지금은 사람처럼 거의 완전한 모습이다. 실루엣이 도발적이고 아름답기까지 하다. 느낌도 뭐랄까 꼭 현실 속에서 실제 연인끼리의 관계 같다고 할까? 너무나 생생하고 부드럽다, 심지어 볼륨감도 있다. 그러나 신기하게도 연정화기가 정착되고부터는 빙의령들이 아무리 시도해도 사정이 안 된다.

이 얼마나 다행스러운 일인지 모른다. 최근에는 좌선하고 있으면 머리 전체 위로 강력한 기운이 흡수되어 들어온다. 묵직할 정도인데 이럴 땐 꼭 머리로 숨쉬는 기분이고 입정에 들어가기 전 단계처럼 느껴진다.

2016년 7월 9일 토요일

지난 주말에는 비가 너무 쏟아져서 등산을 못했더니 주중 내내 몸이 뻐근하다. 토요일과 일요일 이틀 동안이나 집에서 빈둥거렸더니 오히려 몸살이 날 지경이다. 이젠 더 이상 주말

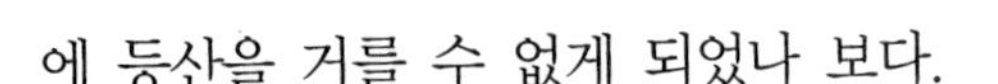

에 등산을 거를 수 없게 되었나 보다.

오늘은 아침부터 서둘러 도봉산에 올랐는데 정말 무더위에 쓰러질 지경이다. 영상 33도 서울시 폭염. 내가 다니는 등산로는 제일 험한 곳인데 420개 깔딱계단까지 죽음과 같은 고통이다. 그야말로 따가운 햇살에 찜통 같은 날씨... 잘못하면 더위를 먹을 거 같아서 중간에 자주 쉬었다.

그렇게 한참을 올라가서 6시간 넘게 등산을 마치고 하산하는데 무수(無愁)골에 물이 상당히 많다. 수정 같은 물에 시원한 바람, 잠시 가던 길을 멈추고 한참 동안 물가에 머무르다 일어섰는데 앉아있는 동안 새삼 느낀 것은 물 흐르는 소리가 너무 듣기 좋다는 것이다. 우울증이나 마음에 병이 있는 사람이 새소리나 물소리를 들으면 치유가 된다고 하더니 정말 앉아있는 동안 계곡물 흐르는 소리가 너무나 듣기 좋네.

졸졸졸 유유히 흐르는 시냇물을 바라보고 있자니까 이번 주에 있었던 스트레스가 사라진다. 모두가 인과관계로 인한 업장들뿐일 텐데... 너무 마음 상하지 말자. 선도수련을 통해서 모든 선연과 악연들은 카르마가 일으키는 허상이라는 것을 보았다. 하지만 이 인과 작용이라는 것을 알아차렸는데도 가끔은 참 힘이 들 때가 있다.

이런 저런 일들과 최근 가장 큰 걱정거리를 지감으로 멈추는데 그 순간 빙의령이 나간다. 이 순간 나도 모르게 극락왕생(極樂往生), 업장소멸(業障消滅)을 암송한다. 어제 들어온 영인데 오늘 아침 수련까지 상당히 힘들어했다. 천도되어 나가는 순간이 너무 반가워 그 순간 좋은 말을 들려주고 싶었나 보다.

다시 지감, 조식, 금촉을 암송하며 하단전에 집중하였다. 하단전, 중단전, 상단전, 백회를 거쳐 눌려있던 기운이 주천화후를 일으키며 힘차게 돌아간다. 이럴 때면 간혹 법열을 느끼는 경험도 한다. 그러나 이내 한 시간도 채 안 되어 또 다른 빙의령이 들어온다.

가슴이 답답해지고 하단전까지 숨이 잘 내려오지 않으며 등 뒤가 뻐근하고 온몸의 근육이 긴장되어 있다. 감정의 어두운 부분을 파고든다. 아주 오래된 기억들까지도 끌어내어 마음을 흩트려 놓는다. 무서운 손님들이다. 그러나 더 이상 나는 휘둘리지 않는다. 왜냐? 지금은 너희들의 실체를 꿰뚫어 볼 수 있으니까. 요즘에는 손바닥을 2~3번만 쥐었다가 피었다가 하면 금방 빙의상태를 파악할 수 있다.

저녁에 잠깐 볼일을 보고 집으로 향하는데 갑자기 중단전의 용광로가 타오르기 시작한다. 이럴 때는 꼭 머리 위에 신령한 기운이 떠있다. 집에 와서도 한참 동안 중단전이 달아오르고 머리 위에 원반 모양의 신령한 기운이 회전한다.

어제부터는 조금 힘들어도 결가부좌(結跏趺坐)를 하고 수련을 한다. 다리가 짧고 통통한 편이라서 항상 반가부좌만 하였지만 얼마 전 우연한 기회로 결가부좌를 해보았는데 정말 새로운 느낌이다. 내 자신이 꼭 피라미드가 된 기분이다. 하반신이 바닥에 달라붙은 기분이고 반가부좌보다 조금 더 집중이 잘되는 것으로 보인다.

석천대선사 박희선 박사님이 주장하시는 피라미드 자세가 무엇인지 어렴풋이 알 듯하다. 이 분이 개발한 명상방석을 구매하고 싶은데 방법을 모르겠다. 석천대선사 박희선 박사님이 분도 현대 도인의 대표적인 한 분이신데 조만간 블로그에 소개해볼 예정이다.

그런데 개인적인 느낌이지만 이 분의 사진을 맨 처음 보는 순간 원효대사가 떠오른다. 출장식 호흡의 대가이신데 나 또한 평상시에는 이 출장식 호흡만하고 있다.

삼공 선생님보다 연세가 조금 많으시고 최근 심장수술까지 받으셔서 건강이 안 좋아지신 거 같다. 오래 생존하시어 후학들에게 더 많은 가르치심을 주셨으면 좋았을 텐데. 삼공 선생님과 비슷하게 본인의 집을 석천선원이라고 명칭하시고 수련생들을 가르치신다.

대한민국에는 이처럼 대도인, 대선사들이 많이 나오고 있는데 이유가 무엇일까? 나 자신을 등불 삼아 진리를 스승삼아.

2016년 7월 13일 수요일

사주에 유유자형(酉酉自刑)이 있어서 그런지 개인적으로 참 사고가 자주 나는 편이다.

일마 전에 아침부터 바쁘게 차를 몰고 나서는데 회사 앞 사거리에서 또 다시 사고가 나고 말았다. 이 도로는 우회전이 안 되는 차선인데 아마도 상대방 운전자가 초행길로 실수를 한 모양이다. 무심코 직진을 하고 있는데 느닷없이 옆에서 들이받는데 그야말로 순식간에 벌어진 일이다.

와장창! 하고 운전사 쪽 문짝 두 개가 허무하게 날아갔다. 아! 이놈의 팔자, 아마도 나의 짐승같은 순간적 판단이 없었다면 그 길로 응급행이었을 것이다. 일단 서로 차를 세우고 보험사에 접수를 하는데 무심코 내 손을 보니 나도 모르게 떨고 있다.

언제부터인지 모르겠지만 선도수련을 하고부터는 이렇게 큰 일을 당하면 한가지 버릇이 생겼다. 제3자의 시선으로 나 자신을 관(觀)하는 버릇이 생긴 것이다. 나름 선도수련을 한다고 하는데 아직 멀었구나. 이만한 일로 떨고 있다니. 상대방 운전사와 대화하고 있는 동안 내 머릿속에는 나 자신에 대한 실망감으로 회의감에 사로잡혀 있던 것이다.

그런데 그 순간 놀라운 일이 벌어진다. 내 손이 떨리는 것을 알아차리는 그 순간 갑자기 호흡이 안정된다.

다시 한번 자동으로 단전호흡을 몇 번 더 하였더니 언제 그랬냐는 듯이 마음이 진정된다. 아! 이게 관(觀)의 힘인가?

최근 들어 이런 경험을 자주하는데 순간적으로 화가 치밀어 오르다가도 잠시 후에 언제 그랬냐는 듯이 마음이 차분하게 가라앉는다.

그래도 마음수련을 허투루 하지는 않고 있나 보다.

어찌어찌해서 서로의 보험사에 사고접수 후 상대방 운전자와 다시 대화하는데 이 분 때문에 또 한번 놀란다.

"죄송합니다. 전적으로 제 잘못이니 제 보험으로 100% 사고처리를 해드리겠습니다."

아! 요즘에 이런 사람이 있단 말인가? 전적으로 자기 잘못을 인정하다니, 이런 경우에는 서로 목소리를 높이다가 잘해야 8 : 2로 사고처리를 끝내는데. 이 아저씨 2:8 가르마에 꼭 코메디언 고 이주일 아저씨처럼 생기셨는데 한참을 대화하는데 참! 이 양반 도인이네! 도인이야.

역시 나 아닌 다른 사람들은 모두 나의 스승들이다. 결국 상대방 보험으로 100% 사고처리를 하기로 하고 이주일 아저씨는 유유히 사라졌다. 선계에서 마음공부 똑바로 하라고 테스트 겸 귀싸대기 한대 때리고 간 느낌이다.

2016년 7월 18일 월요일

선도수련(仙道修鍊)을 시작하게 되면 반드시 『선도체험기』를 한질 구매하시기 바란다. 특히나 홀로 수련하시는 분들일수록 더 그렇다. 이 책은 그냥 책이 아니다. 개인적인 생각으로는 선계의 신명을 받은 책으로 보인다.

선도수련생들과 선계를 이어주는 동아줄이고 사기를 막을 수 있는 보호막 같은 존재이다. 이 말이 꼭 미신 같겠지만 나중에 수련이 깊어지면 그 진위여부를 스스로 알게 될 것이다.

오늘 하루 동안 지난 주말에 들어 온 강력한 원령으로 고통을 받고 있는데, 마침 오늘 『선도체험기』 36권을 읽고 있다가 다시 한번 이 책의 신령함을 경험하였다. 업무를 마치고 여느 날처럼 무심코 양손으로 책을 들고 읽고 있는데 1~2페이지나 읽었을까?

갑자기 십선혈(十仙穴)을 타고 액체 같은 기운이 흘러내린다. 열 손가락 끝에서부터 서서히 흘러내린 기운은 팔과 어깨를 거쳐 혈관을 타고 스멀스멀 원령이 머물고 있는 중단으로 모여든다.

마치 "너 잘 만났다"라는 듯이 이 흘러내린 기운들이 천천히 빙의령을 둘러싼다. 중단에 눌러앉은 이 바위 덩어리 같은 원령을 조금씩 조금씩 빛의 기운으로 변화시킨다. 이내 중단으로 한참을 모여든 기운은 하단전을 동시에 달아오르게 한다. 곧 이어 자동으로 단전호흡이 되고 사지에 퍼져있던 기운을 모두 중단으로 불러 모은다.

『선도체험기』에서 흘러내린 기운과 나의 기운이 하나로 어우러져 빙의령을 녹여내기 시작한다. 마치 약하게 흘렀던 용광로가 다시 세차게 타오르는 느낌이다. 아! 너란 책은 도대체 정체가 뭐란 말이냐? 마치 살아있는 신령한 생명처럼 느껴지네.

『선도체험기』는 수련자의 또 다른 보호령이다. 이 책의 기운은 삼공 선생님의 기운일까? 아니면 선계의 기운일까?

36권 전후로 삼공 선생님이 크게 기갈이를 하시는데 그 기운인 것일까? 아니면 기운을 흡수하는 수련자의 도력이 높아진 것일까? 이런 신령한 경험을 10권 시리즈를 읽을 때에도 느꼈었는데 몇 권인지는 정확하지는 않다.

책을 받고 밖으로 나서는데 저 멀리 하늘 위에서 가느다란 하늘 기운이 내 정수리에 연결된다. 마치 하늘에서 다 지켜보고 또 보호해주고 있다는 듯이... 하도 신기해서 그냥 혼자서 웃으며 말없이 걸었던 기억이 난다. 이런 경험들을 어떻게, 누구에게 설명할 수 있을까?

2016년 8월 5일 금요일

최근엔 아주 강력한 영혼들이 들어와서 그런지 도통 영안으로 무엇을 보기가 상당히 어려웠다. 이 빙의령들의 레벨이 B급에서 A급으로 넘어간 것으로 보인다. 이럴 땐 기력(氣力)이 딸리기 때문에 억지로 영안(靈眼)으로 보려 하면 상당히 피곤해질 수 있다.

올초에 천도(薦度)시간도 1~5시간으로 단축되었다가 봄부터 하루 이틀로 길어 졌었는데 최근에 다시 12시간 정도로 짧아지고 있다. 아무리 강력한 영이 들어와도 숨 몇 번이면 서서히 변화하는 것을 다시 느낄 수 있다.

오늘 저녁수련 무렵에는 기운도 안정적이라 오랜만에 상단전에 집중하였다. "조화주 하느님"을 암송하고 1분 호흡에 들어가자 인당부분, 아니 머리 앞쪽에서 순간적으로 광채가 번쩍하더니 주변이 환해지기 시작한다. 인당에 형광등이 켜진 기분이다. 이럴 땐 꼭 이 세상이 아닌 다른 차원의 세계가 보이곤 하는데 오늘도 마찬가지였다.

이전과 다르게 특이한 건 흐릿했던 화면이 한꺼풀 걷어내어진 느낌이고 총 컬러 천연색이다. 전체적인 그림은 여전히 잘 보이지 않으나 부분부분 영상이 너무나 선명하다. 우리가 사는 지구에서 사람의 눈으로 볼 수 있는 가시적인 한계를 벗어난 느낌이다. 정말 뚜렷하고 꼭 비 온 뒤의 맑게 갠 다음 날처럼 눈부실 정도로 선명한 장면들이다. 화면의 크기도 이전처럼 둥근 원형에서 보이는 것이 아니고 3D 같은 대형 화면이다.

더 특이한 건 잠깐 흐트러진 자세를 바로 잡으려 집중을 멈추었는데도 여전히 보인다는 것이다. 여러 가지 동식물들이 보이는데 이 세상에 존재하는 것들이 아니다. 느낌에 이곳이 꼭 천상계(天上界)인 거 같네.

이 장면이 바뀌고 다시 지구인 것 같은 장소의 한 길거리가 보인다. 무슨 의미인지는 정확하게는 모르겠지만 인간계와 천상계를 번갈아 가면서 보여주고 있다.

아! 그렇다면 정말로 육도윤회(六道輪廻)가 존재한다는 말인가? 그렇다면 그 동안 죄지은 것들은 어쩌란 말인가?

2016년 8월 6일 토요일

폭염일 때는 등산도 쉬어야 할 것 같다, 정말 오늘 등산하다가 기절하는 줄 알았다. 그동안 등산했을 때보다 2배가 더 힘들었다. 그나마 다행인 것은 힘들게 등산하던 중에 거의 3~4명의 빙의령들을 천도시켰다는 것이다. 운기가 활발해진 덕분일 것이다.

어제에 이어 오늘 아침에도 수련을 하는데 특이한 영상을 보았다. 지금부터 하는 말들은 순전히 좌선 중에 영안으로 본 것이므로 믿고 안 믿고는 여러분들의 자유다.

블로그에 수련 중에 경험한 모든 것을 올리는 이유는 같은 길을 걷고 있을 도우들에게 조금이나마 도움이 되었으면 하는 바램에서다. 또 한편으로는 차후에 나 자신도 수련의 발전 단계를 뒤 돌아볼 수 있도록 조금이라도 더하거나 빼지 않고 100% 사실들만 올리고 있다.

이렇다 보니 사실 이 블로그에 방문객이 많은 것은 바라지 않는다. 현재 선도수련을 하고 있는 분들만 보았으면 하는 바람이고 순전히 단순 호기심은 사양한다.

왜냐하면 이런 내용들은 수련을 하고 있는 나 자신도 가끔 너무나 믿기 힘들 정도이기 때문이다. 이웃도 가능한 한 선도 수련을 하시는 분들만 받을 예정이고 전에 이웃했던 분들은 거의 삭제했다.

아무튼 오전 수련에 빙의령의 정체를 파악하려 1분 호흡에 들어 상단전에 집중하였다. 그런데 아무리 집중해도 화면이 보이지 않는다. 거의 20분이 다 되어 갔을 무렵인가? 그 순간 영화 같은 장면들이 펼쳐진다.

무슨 행성(行星)으로 보이는데 상당히 긴박하게 돌아가는 분위기다. 전쟁이 일어난 것도 같고 자연재해가 발생한 것으로도 보인다. 화면이 와이드로 보여서 우측을 바라보니 화산 같은 것이 터지고 있다. 그런데 화산이라고 하기에는 너무 낮은 산이다.

하늘에는 우주선 같은 것들이 분주하게 떠다니고 파편에 맞아 추락하는 비행선도 있다. 행성 하나가 거의 멸망 직전까지 가는 상황으로 보인다. 대부분 건물들이 불타오르고 있고 여기 살았던 외계인들은 모두 피난이라도 간 듯하다.

생명체가 안 보여서 화면 여기저기를 둘러보는데 그 순간 좌측에 외계인 같은 존재가 걸어간다. 얼굴은 흐릿하게 보여서 잘 모르겠는데 팔다리가 상당히 길고 머리 또한 길쭉하며 키도 거의 2미터가 넘는 것으로 보인다.

신기한 것은 원래 자기 피부인지? 우주복인지를 입고 유유히 걸어가고 있는데 온몸이 꼭 석화 껍데기 안쪽에 보이는 은 백색처럼 광채가 난다. 지구에는 존재하지 않는 오묘한 빛이고 상당히 특이한 물질처럼 보인다. 그런데 너무나 태평한 걸음걸이로 걷고 있다.

순간적으로 드는 생각이 자기가 살고 있는 행성이 몰락하고 있는데 어찌 저리 무심(無心)하게 걸어 갈수 있을까? 감정이 전혀 없는 존재처럼도 느껴진다. 마치 이미 모든 것을 다 예견하고 있었다는 느낌이 들고 꼭 뒷정리를 하는 것처럼 보인다. 이 별에서 리더 격이나 상당한 지성체로 보인다.

이 존재에 대해서 순간적으로 더 알아보고 싶다는 생각에 "무심(無心)"을 암송하며 집중하였다. 그런데 그 순간 호흡이 자동으로 멈추어진다. 집중을 더 하니까 호흡이 죽은 듯이 자동으로 멈추어지네...

수식관 호흡에 한계가 있는 것으로 보인다. 이렇게 한동안 호흡이 끊어진 상태가 되어 이내 수련을 멈추고 말았다. 내일 수련부터는 수식관을 버리고 자연적인 호흡법으로 시도해 봐야겠다.

오전 수련을 마치고 나서 곰곰이 생각해 보니 화면으로 본 행성이 꼭 화성(火星)이지 싶다. 그런데 빙의령의 정체에 집중하였는데 왜 이런 화면이 보였을까? 삼공 선생님의 말처럼 빙의령 중엔 외계행성에서 살았던 존재들도 있는 것으로 보인다. 아니면 나도 거기 살았거나... 아무튼 들어온 그분하고 인연이 있으니까 왔겠지...

2016년 8월 9일 화요일

선도수련을 하다 보면 가장 힘든 부분이 바로 원령이 들어왔을 때다. 그 고통은 당해보지 않은 사람들은 모른다. 더 힘든 이유는 빙의령들이 보이지 않기 때문이다.

무엇이 이렇게 힘들게 하는지? 도대체 무슨 인연으로 들어온 누구인지? 왜 이렇게 나를 힘들게 하는 것인지? 이럴 땐 그야말로 미치고 환장할 노릇이다. 보이지는 않고 고통스럽기만 하니 얼마나 답답할까?

『선도체험기』를 보면 너무나 힘든 나머지 무턱대고 삼공선생님에게 전화를 거시는 분들이 있다. 처음에는 참 상식이 없다라는 생각도 하였지만 한편으로는 얼마나 힘들면 저럴까? 막상 내가 당해보니 그분들의 고통이 조금이나마 이해가 가기도 한다.

또한 빙의령이 들어오면 처음에는 보이지가 않으니 일단 관(觀)을 하라고 하지만 이것도 여간 힘든 것이 아니다. 꼭 벽에다 대고 밀하는 느낌이랄까? 경험상 보이지가 않으면 빙의령이 더 안 나간다. 일단 막연한 상(相)이라도 잡혀야 천도시키는 시간을 단축시킬 수 있다.

결론은 수련자가 용맹 정진하여 스스로 영안을 밝힐 수밖에 없는데 이 영안이라는 것이 열리기까지 그렇게 힘들 수가 없다. 아니 선명한 화면을 보기까지가 그렇게 만만하지 않다는 것이다.

가끔 『선도체험기』에 보면 선명한 화면을 보시는 분들이 있는데 조심해야 한다. 물론 수련이 깊어진 후에 선명한 것은 정상이지만 초기 단계에 그런 것은 접신령의 눈으로 볼 수도 있기 때문이다. 그만큼 완전히 영안이 열리기까지가 참 힘이 드는 것이다.

개인적인 경험으로는 대주천이 시작되고 삼태극을 보면서 영안이 조금씩 열리기 시작하였는데 처음에는 작은 원형의 모양에서 화면이 보이다가 최근엔 와이드로 더 넓어진 상태이다. 선명도 또한 마찬가지인데 수련 초기에는 위의 사진처럼 흐릿하게 보이다가 점점 선명해진다. 그러나 아직까지는 부분부분만 선명하고 전체적인 화면은 흐릿하게 보인다. 하지만 이렇게 발전하기까지도 상당한 시간이 필요하였다.

개인적인 추측이지만 영안이 열리는 시기도 어느 정도 지도령이나 선계에서 간섭 작용을 한다. 그 시기가 아마도 하단전 축기, 중단전의 진전 단계와 관계가 있지 싶다. 아무튼 이렇게 조금이라도 영안이 열리면 그 지루하고 답답함이 조금이라도 해결된다.

영안을 조금 더 빠르게 밝히고 싶다면 운기를 강화해야 한다. 운기를 강화하는 방법은 삼공 선생님의 가르침대로 등산, 도인체조, 조깅 등이 있다. 결론은 한눈 팔지 말고 부지런히 하루하루 용맹 정진하라는 뜻이다. (_ _)

또한 이 영안으로 화면을 보려할 때 가장 필요한 2가지가 있는데 바로 지구력과 집중력이다. 얼마 전까지도 빙의령들이 레벨이 높아져서 그런지 화면으로 잘 볼 수가 없었다. 그런데 최근 그 이유가 꼭 빙의령 레벨 문제가 아닌 것으로 확인하였다.

어제 오전 수련에도 경험한 사실인데 좌선하고 빙의령을 부르는데 화면이 도통 보이지 않는다. 20분 정도가 지나자 포기하고 하단전 축기로 들어가려는데 문득 삼공 선생님의 말이 떠오른다. 부처님 같은 성인들의 기운을 부를 땐 최소한 20분 이상 집중하며 불러야 한다는 점이다. 혹시나 하는 마음에 20분을 넘어 거의 30분이 넘어갈 때까지 불러 보았다. 그 순간 거의 40분이 다 되어 갈 무렵이었다.

50년대 복장을 한 어느 소녀의 모습이 보인다, 매우 굶주린

상태인지 풀을 뜯고 있다. 검정색 치마에 너저분한 단발머리를 하고 있다.

더 집중하면 상세하게 알 수 도 있겠는데 출근 시간이 다가와 중단하였다. 아! 역시나 그럼 지구력이 문제였나?

삼공 선생님이 관을 할 때에는 해답이 나올 때까지 끈질기게 집중해야 한다는 말이 떠오른다. 선생님도 처음에는 몇 시간, 며칠, 몇 달 동안이나 관을 하여 지금의 그 경지에 도달한 것이다.

오전 수련에 자신감을 얻어 어제 저녁 수련에도 다시 한번 장기전을 시도하였다. 퇴근하자마자 결가부좌를 하고 좌선에 들었다. 역시나 20분 정도가 흘렀는데도 아무런 반응이 없다. 개의치 않고 끈기있게 빙의령에 집중하고 지속적으로 불러보았다.

30~40분이나 지났을까? 갑자기 총 천연색의 여러가지 빛깔이 어우러지더니 한 화면이 나타난다, 50대 초반의 남자 얼굴이고 마치 앞에서 보는 것처럼 너무나 선명하다.

그런데 전혀 모르는, 쌩판 처음 본 얼굴이다. 현대적인 모습이고 최근에 죽은 영으로 보이는데 나를 보고 멋쩍은 웃음을 짓고 있다. 곱슬머리이고 가르마가 상당히 인상적이다. 기감상 떠도는 영이다.

이렇게 어제 오전 수련과 저녁 수련을 통해서 영안으로 화면을 볼 때에는 지구력과 집중력이 필요하다는 사실을 알았다. 즉, 이 두 가지는 관을 할 때 가장 필요한 항목으로도 봐야 한다.

오늘 아침에도 다시 한번 시도해 보았는데 역시나 30분 이상이나 지나서 화면이 떠오른다. 조선시대의 전형적인 선비 복장을 한 남자 영이다. 역삼각형의 화형 얼굴이고 나에게 화가 난 표정을 하고 있다. 이 선비령과 함께 한 계집종? 같은 여자 노비의 모습이 오버랩 된다. 느낌 상 이 선비령과 나 사이에 이 계집종과 관련된 갈등이나 원한이 있었던 것으로 보인다. 좀 더 상세하게 내막을 알아보려 하자 이 분 얼굴이 흐릿하게 보이며 사라진다.

상에 집중하고 인과응보(因果應報), 해원상생(解冤相生)을 암송하며 수련을 마무리하였다. 항상 느끼는 것이지만 죄짓고 살지 말아야지...

특이한 건 화면을 볼 때면 항상 백회로 기운을 더 당겨오는 것을 알 수 있다. 역시나 상당한 에너지가 필요한 것으로 보인다. 보이는 화면의 종류도 다양한데 때로는 사진처럼 보이기도 하고 과거생의 모습만 선명하게 보일 때도 있고 마치 한 편의 드라마처럼 보일 때도 있다.

2016년 8월 10일 수요일

인연령(因緣靈)은 비교적 화면이 금방 떠오르는데 악연령(惡緣靈)은 잘 보이지가 않는다. 오후에 들어 온 빙의령을 퇴근 후에 좌선하고 관(觀)하기 시작하였다. 10분 정도나 지났을까? 화면이 떠오르기 시작하더니 여러 산신령 같은 형상들이 보인다. 용의 비늘 같은 것들도 보이고 장면이 바뀌더니 색동옷을 입은 웬 젊은 여자가 나타난다. 호랑이를 타고 푸른 초원을 힘차게 달리고 있는 모습인데 느낌상 꼭 무녀 같은 복장이다. 수련을 마치고 예전부터 생각해오던 한가지 테스트를 해봐야겠다는 생각이 든다.

현묘지도(玄妙之道)수련은 현재 삼공 선생님에게 도맥이 이어져 삼공재 수련생들에게만 전해지는 것으로 알고 있다. 그런데 이것을 개인적인 방식으로 풀어 볼 예정이다. 천지신명(天地神明)에게 삼배하고 회광반조(回光返照)를 이용하여 화두를 받아 볼 예정이다.

이번 테스트는 두 가지를 동시에 시험해 볼 수 있을 것으로 본다. 나의 관(觀)하는 능력 즉, 현재 회광반조를 사용할 수 있는지와 현묘지도 화두를 받을 수 있는지를 확인하는 것이다. 만약에 내가 선계의 인정을 받았다면, 현재 준비가 되었다면 첫번째 천지인삼재 화두인 "ㅇㅇㅇㅇ" 성단 이름을 볼 수

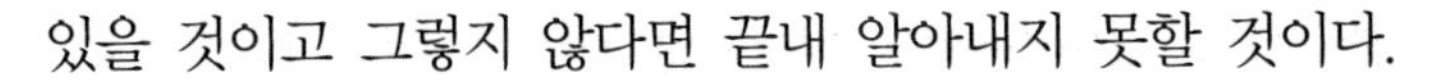

있을 것이고 그렇지 않다면 끝내 알아내지 못할 것이다.

현묘지도의 수련 목적은 구도자의 관(觀)하는 능력을 강력하게 하는 것에 있다. 현묘지도 수련을 마친다면 흐릿한 화면을 좀 더 선명하게 볼 수 있을 것으로 본다.

2016년 8월 11일 목요일

오래 전부터 마음속으로 품어왔던 계획을 드디어 오늘에서야 실현해 보았다. 언제쯤 일까? 언제나 가능한 것일까? 늘 기다리며 벼르고 별러 왔던 일이다. 현묘지도 수련을 천지신명의 도움으로 스승 없이 홀로 시작하는 것이다.

이 테스트가 과연 성공할지는 잘 모르겠다. 그러나 이 영광스런 수련을 스스로 시작했다는 자체가 얼마나 기쁜 일인가? 어제 저녁 수련 중에 잠깐 동안이라도 시험해 본 결과 조금이라도 가능성이 있어 보여 자신감을 가지고 일단 도전해 보기로 마음먹었다.

오전 수련을 시작하기 전에 천지신명과 삼황천제, 지도령과 보호령, 선조령들과 현묘지도의 도맥을 전하는 스승들에게 삼배하였다, 일체의 사심을 버리고 하화중생 할 것을 천명하였다. 조금은 걱정스러운 마음으로 좌선하고 앉았는데 마음이 너무나 편안하다. 앉자마자 기다렸다는 듯이 여러 가지 잔상의 화면들이 보이기 시작한다.

일단 "조화주 우주심"을 암송하고 다시 10분 정도 뒤에 "현묘지도" 화두를 암송하였다. 스승 없이 도전하는 것이다 보니 사기나 접신령을 조심해야 한다는 생각에 신경을 곤두세웠다. 현묘지도 제1 화두를 스승에게 별도로 받은 상태가 아니다 보니 일단 "현묘지도"라는 단어 자체를 제1화두로 삼고 시작하여 보았다.

화면에 집중하자 승복을 입고 좌선하는 어느 스님의 모습이 보인다. 평온한 모습이고 연꽃 위에 결가부좌를 하고 앉아 계시다 벌떡 일어나 반갑게 나를 맞아주신다. 꼭 현묘지도 초대 전수자 같은 느낌이 든다.

잠시 후에 세 분의 모습이 보이는데 한 분은 초대 단군왕검으로 보이고 다른 한 분은 특이하게 모자와 옷이 상복 같은 것을 입고 있어 꼭 제사장 같은 모습이다.

나중에 곰곰이 생각해 보니 이 상복을 입고 있는 사람이 꼭 나 자신 같은 기분이다. 상복의 의미는 현묘지도를 통하여 다시 태어난다는 즉, 환골탈태한다는 의미로 보인다. 세 분 중에서 이 분만 얼굴이 가장 흐릿하고 생뚱맞게 굴건을 쓰고 상복을 입고 있어 신기하였다.

그러나 나중에 알게 된 사실은 이 화면이 12월 아버지의 죽음을 수련 중에 미리 본 것이었다. 굴건을 쓰고 있고 상복을 입은 모습은 상을 치르게 될 나 자신의 모습이었던 것이다.

마지막 한 분은 삼공 선생님 같은 느낌인데 선계에서 직위를 보여주는 무슨 관모 같은 것을 쓰고 있는 모습이다, 비교적 젊은 상태이고 눈, 코 입이 상당히 남자답게 선이 굵은 형이다. 그런데 관모는 동글동글한 여러 개의 구슬 같은 것인데 머리 위 허공에 떠 있는 형태이다. 현묘지도는 선계의 스승들과 수련자 삼공 선생님이 삼위일체가 되어야 한다고 한다.

다시 화면이 바뀌고 중간에 웬 호랑이의 모습이 보인다. 이상하게 어제부터 호랑이가 자주 보인다.. 호랑이가 꼭 현재의 나 같다는 느낌이 든다. 아직 견성하지 못한 도인을 상징적으로 보여주는 것으로 느껴진다. 예전에 좌선 중에 전생이 표범으로 사냥하는 모습을 본 적이 있는데 호랑이는 처음 본다.

다시 화면이 바뀌고 포커스가 하늘에 맞춰진다. 파란 하늘이 보이고 연이어 면류관을 쓰고 의자에 앉아계신 임금님 같은 분이 내려온다. 용포가 특이한데 눈부시게 빛나는 흰색이다. 흰색이 아니라 무슨 빛 덩어리 같다.

뭔가 중요한 느낌이 들어 이 화면에 집중하였다. 특이한 건 화면을 붙잡고 집중하니 이전처럼 다시 호흡이 끊어지려 한다. 아니 멈췄다. 호흡이 잠시 멈춘 상태이나 예전보다는 편안하고 얼마 후에 자동으로 호흡이 되돌아간다.

얼굴은 정확하게 보이진 않고 이 분이 입고 있는 용포에서 갑자기 사방팔방으로 수십 개의 빛이 퍼져 나간다. 포커스가 다시 하늘 위로 옮겨 간다. 이 분의 모습과 하늘의 모습이 번갈아 가면서 보인다. 느낌에 꼭 우리가 알고 있는 옥황상제로 보인다.

다시 호랑이가 등장... (_ _) 나를 한없이 편안한 눈빛으로 바라보고 있다. 자꾸 보니 귀엽고 어리숙하게 보이는 게 영락없는 내 모습이다. ㅎㅎ

이렇게 짧은 오전 수련을 마치고 가볍게 현묘지도 일차 수련을 마쳤다. 아무튼 전혀 하늘의 답이 없지는 않아서 만족하게 수련을 마무리 하였다. 오늘 저녁 수련에 다시 시도해 볼 예정이다.

현묘지도 역사

1. 기원 : 수두교(6~7천년 전)에서 1천 5백년 전 현묘지도로 파생 (단군조선 후기) 단군조선이 끝나고 삼국시대로 넘어가는 대격변의 시기였는데 이때 물밀듯이 밀어닥친 외래종교인 유불선을 우리 고유의

수두교에 수용하여 현묘지도가 탄생했다고 한다.

2. 도법 전수자 : 30대 삼허대사 (도선대사) - 진허도인 - 삼공 김태영 선생님 - 삼공재 제자분들
3. 우리나라 최초의 건국이념으로 환인의 아들 환웅이 천하에 뜻을 두고 세상 사람들을 다스리기를 원하므로 환인이 천부인 세 개를 주어 내려 보내며 '홍익인간'으로 다스리게 하였다.

아래의 네 가지 이념은 고조선의 건국이념으로도 알려져 있다.

홍익인간(弘益人間) : 널리 인간세상을 이롭게 한다.
재세이화(在世理化) : 세상에 있으면서 다스려 교화시킨다.
이도여치(以道與治) : 도로써 세상을 다스린다.
광명이세(光明理世) : 밝은 빛으로 세상을 다스린다.

2016년 8월 12일 금요일

어제 저녁 수련에서는 좌선중에 도인풍의 고승이 보인다. 이 분 중단에 검정색 점이 있는데 직감적으로 집중해야겠다는 느낌이 든다. 집중하자 이 점이 점점 커지기 시작하더니 이내

고구려 시대의 "삼족오" 같은 새로 변한다. 무슨 의미인지는 잘 모르겠다. 피곤이 몰려와 수련을 마무리하였다.

오늘도 어제와 마찬가지로 오전 수련을 시작하기 전에 천지신명과 삼황천제, 지도령과 보호령, 선계의 스승들과 현묘지도 스승들, 조상령들에게 삼배하였다. 성통공완하여 하화중생하겠다는 파장을 전하였다.

좌선 후 "조화주 하느님과 조화주 우주심"을 10분간 암송하여 기운을 안정시킨 후 본격적으로 현묘지도 문구를 임송하기 시작하였다. 10분이 지나고 20분이 지나도 아무런 변화도 없고 화면도 보이지 않는다. 30분이 지나도 변화가 없자 욕심이 일어나더니 40분이 지나자 초조해 진다. 무리하게 집중하는 거 같아 "조화주 무심"을 암송하였다.

현묘지도라고 적힌 큰 벽에 맞닥뜨린 기분이다. 이 벽을 허물어야 제1화두를 받을 수 있을 텐데. 그런데 무심코 드는 생각이 이렇게 현묘지도를 관하는 자체가 수련의 연속이라고 느껴진다. 현묘지도라는 문구를 지속적으로 집중을 하다 보니 점점 관(觀)하는 것이 향상되는 느낌이다. 이미 현묘지도 수련이 시작된 것이다.

2016년 8월 13일 토요일

오늘 오전 수련에 현묘지도 3일차 수련에 들었다.

어제와 마찬가지로 좌선하기 전에 천지신명들에게 삼배하려 하였으나 순간적으로 중단전이 완전히 열려서 일어나자마자 바로 수련에 들었다.

오늘은 방법을 조금 달리하여 현묘지도 암송을 버리고 곧바로 "천지인삼재"를 암송하였다. 생각해 보니 수련 첫째 날 현묘지도 암송 후 이미 화면을 보았으니 다음 단계로 넘어가야 한다. 첫 번째 단계가 명의 네 단계 중 "천지인삼재"를 뚫는 것이니 오늘부터 이 화두를 암송하였다. 컨디션이 좋아서인지 집중이 잘된다.

그런데 역시나 어제와 마찬가지로 스승에게 정확한 화두를 못 받아서인지 천지인삼재라고 쓰여있는 거대한 벽에서 꼼짝도 하지 않는다. 이 벽을 무너뜨려야 화면을 볼 수 있을 텐데... 화면의 잔상들이 일어나다가도 벽에 부딪혀 이내 흩어져 버린다.

삼공 선생님 말씀처럼 암호화된 코드가 바로 화두인 것이라서 현묘지도 수련에는 화두가 필수로 보인다. 그러나 가능성이 전혀 없는 것으로 보진 않는다. 현묘지도 수련을 시작하고부터 한 대상에 집중하는 능력이 점점 커지는 느낌이다. 관이 이전보다 더 강력하게 잡혀가는 것이다.

그런데 작년에 블로그에 올려놓은 현묘지도 단계를 보니 명의 네 단계에서 두 단계까지만 올라와 있다. 내가 빠뜨린 것인지 아니면 책 자체에서 생략된 것인지 잘 모르겠다.

어제는 삼공 선생님에게 오행생식 구매 메일을 보냈는데 가능한 삼공재로 와서 체질점검 후 구매하라고 하신다. 그러나 아직 수련상태가 미미하여 차후에 찾아뵙기로 하였다. 체질점검 없이 임의대로 일단 내게 필요한 생식 네 가지를 구매하였다. 다음 주에 도착 예정인데 생식을 다시 시작하면 기가 더 맑아질 것으로 본다.

너그럽게 후학의 입장을 이해하여 주신 삼공 선생님께 감사드린다. 조만간 『선도체험기』도 한질 구매할 예정이다. 특이한 건 삼공 선생님에게 메일을 쓰는 동안 백회로 기가 들어오고 중단이 풀리며 관음법문 파장음이 미친듯이 요동을 친다.

최근 들어 육식을 하면 중단이 너무나 답답해진다. 동물령은 비교적 금방 나가는 편이라서 큰 불편함은 없지만 이번 현묘지도 수련을 통하여 완전히 육식을 끊어 볼 예정이다. 어머님이 주말에 한 번씩 고기반찬을 해주시는데 이번 주부터 고기 말고 두부로 바꿔달라고 했다. 이렇게 가끔이지만 육식 대신에 두부를 먹으니 속이 편해진다.

아울러 현묘지도 수련을 하는 동안 육식금지, 살생금지, 다툼금지, 불필요한 인연 정리 등을 하나씩 습관화시켜 볼 예정이다. 이왕 시작한 거 절처봉생의 마음으로 혼신의 힘을 다할 것이다.

2016년 8월 15일 토요일

오늘 오전 수련에 현묘지도 5일차 수련에 들었다.

좌선에 들기 전 천지신명에게 삼배하였다 (단군, 자성, 삼공선생님) 성통공완, 홍익인간, 재세이화, 이도여치(以道與治), 광명이세를 암송하고 수련에 들어갔다.

10분간 "조화주 하느님(옥황상제)"을 암송하고 본격적으로 현묘지도 1단계 화두인 "천지인삼재"를 암송하였다.

20분이 지나도 아무런 변화가 없어 암송하는 화두에 약간 변화를 주어 보았다. 7개의 별이라는 말에 착안하여 "북두칠성"이라는 암송으로 시험해 보았다. 그 순간 관음법문 파장음이 미친듯이 요동을 친다.

잠시 후에 처음 보는 분이 선명하게 보이는데 고승은 고승인데 평범하지가 않다. 망토 같은 것을 머리부터 발끝까지 걸쳤는데 코와 귀가 상당히 길고 나를 보고 미소 짓고 있다. 북두칠성 수호신 같기도 하고 화면이 너무나 선명하여 그냥 지나쳤다. 이렇게 너무나 선명한 화면이 나타나면 본능적으로 피하게 된다.

수련이 끝나고 이 분에게 말을 걸어 볼걸 그랬나? 후회가 든다. 그러나 그 이후로는 아무런 변화가 없다. 40분 정도가 지나고 이내 수련을 마무리하였다.

현묘지도 첫째 날 화면으로 본 굴건을 쓰고 상복을 입은 분이 자꾸만 나 자신 같다는 느낌이다. 현묘지도 수련을 하면서 다시 태어난다는 즉, 환골탈태의 의미로 보인다. 좌측엔 초대 단군이, 가운데는 나 자신이, 우측에는 허공에 뜬 관모를 쓰고 있는 삼공 선생님이 마지막에는 하늘에서 내려온 옥황상제가 보였다. 오늘부터 수련 전에 이 분들에게 삼배하고 좌선을 시작하였다.

그런데 이게 맞게 가는 건가 싶다. 불확실성에 의존하다 보니 꼭 벽에다 대고 수련하는 느낌이다. 아직 안정적인 기운의 흐름이나 지도령과 보호령의 간접 사인이 없는 것으로 만족하며 가고 있다.

2016년 9월 19일 월요일

얼마 전 새벽녘에 한참 잠을 자고 있는데 갑자기 중단에서 용광로 같은 기운이 솟구친다. 이와 동시에 원인을 알 수 없는 기쁨이 충만해지는데 너무 놀라 그만 잠에서 깨어나고 말았다.

환희지심(歡喜之心). 이것이 아마도 환희지심으로 보이는데 꼭 대주천을 완성한 수련자가 아니더라도 기운을 느끼기 시작할 무렵에도 경험할 수 있다.

이런 알 수 없는 잔잔한 기쁨은 수련이 깊어질수록 더 강렬하게 경험하는데 주로 빙의령들이 모두 나간 상태인 순간적 현자 타임, 즉 중단전이 완전히 열렸을 때 느낄 수 있다. 이런 상태는 견성 후에 어떤 상황 속에서도 늘 한결같이 유지된다고 한다.

환희지심이라는 단어는 정확하게 유래를 알 수가 없지만 아마도 불교용어에서 시작된 것으로 보이는데 삼공 선생님이 『선도체험기』에서 사용하신 것으로 보인다.

그런데 이 환희지심이라는 단어를 최근에 호기심 삼아 암송하여 보았는데 상당히 유용하다. 일상생활 속에서 일어나는 타인과의 갈등이나 인과로 발생하는 상황들 속에서 암송하여 보았다.

"평정심"과는 조금 다른 의미이고 얼마 전 긴박한 상황을 맞닥뜨려 이 단어를 암송하였는데 그 순간 긴장감은 유지되지만 마음이 그지없이 편안해진다. 이런 상태를 어찌 설명해야 할지?

적재적소에 사용하는 암송은 기대 이상의 상당한 효과를 볼 수 있다. 인과(因果)로 인한 오욕칠정에 휩싸일 때 이 환희지심(歡喜之心)을 암송하여 보시기 바란다.

2016년 9월 24일 토요일

최근에는 오전 수련에는 현묘지도수련 1단계 화두를 알아내는 것에 집중하고 일상생활 중이나 저녁 수련에는 중단전의 마음"心"자에 집중하고 있다.

그러나 스승에게 별도의 화두를 받지 못한 상태라서 아직까지는 별다른 수확이 없는 상태이다. 결정적 화면을 보기 전 순간에 매번 비슷한 경험을 하는데 이것이 아마도 선계의 간섭작용 같다.

얼마 전에는 좌선하고 앉았는데 1분 호흡에 들어가자 인당 부분에서 섬광이 번쩍인다. 대체로 이럴 땐 다른 차원이 보이거나 수련에 중요한 화면이 보이곤 하는데 이번엔 달랐다. 섬광이 번쩍이고 화면이 보이려는 찰나 희뿌연 안개가 가로막기 시작한다. 이것이 반복적으로 왜 이런 것일까?

오늘도 비슷한 경험을 하였는데 간만에 최상의 컨디션이었다. 최고의 호흡, 최고의 집중력 물론 빙의령이 들어와 있었지만 비교적 안정적인 상태였다.

무려 40분간이나 고도로 집중된 상태에서 현묘지도 1단계 화두를 알아내려 주시하였다. 이렇게 오랜 시간 동안 화두에 몰입하려면 상당히 안정적인 호흡을 해야 한다.

아무튼 시간이 거의 한 시간이나 다 되어 가는데 상단전에서 큰 벽에 부딪혀 화면이 맴돌고 있다. 현묘지도 수련 후 견성을 하고 하화중생에 힘쓰겠다고 지도령까지 불러 보았다. 수련 중에 도움을 요청하며 지도령까지 불러보기는 처음이다. 그러나 여전히 요지부동이다. 도대체 이유가 무엇일까?

무작정 수련에 집중하는 것보다 잠시 생각할 시간이 필요할 것 같아서 돌이켜 추론하여 보았다.

첫번째 이유로는 나의 기력이 아직 현묘지도 수련을 하기에는 모자랄 수 있다.

두번째 이유는 빙의령이나 원령들로 인한 손기 현상으로 수련에 방해를 받을 수 있다.

세번째 이유로는 현묘지도 수련이라는 것이 삼공 선생님에게 도맥이 전해지면서 변한 것 같다. 즉, 좀 더 체계적이고 안정적으로 수련자들을 길러내기 위해 삼공 선생님을 반드시 거쳐야만 하는 것으로 보인다. 한마디로 선계에서 삼공 선생님에게 권한을 주신 것으로 보인다. 아마도 이 부분을 침범하는 건 천기누설에 가까운 것이겠지…

만약에 세번째 이유가 맞다면 스스로의 힘만으로는 도저히 불가한 일이란 말인가? 그러나 한참을 생각하다가 결국 나의 지도령과 보호령을 다시 한번 믿어보기로 하였다. 어차피 시작한 것이니까 인내심을 가지고 더 시도해 보기로 하였다.

그나마 고무적인 것은 최근 들어 세상을 바라보는 눈이 조금씩 아니, 송두리째 변하고 있다. 가장 눈 여겨 볼만한 점은 이상하게 모든 것이 긍정적으로만 보이려 한다.

최근 들어 중단전 수련에 집중해서 그런지 모르겠으나 가슴도 편해지고 환희지심을 느끼는 순간이 잦아졌다. 호흡도 편해지고 상단전 집중력이 이전보다 수월해졌다. 생식을 하고 육식을 피하는 식단도 기와 정신을 맑게 하는데 상당한 도움이 되는 것으로 보인다.

더 놀라운 것은 본성의 섭리 작용이 점점 깊어져 가고 있다. 본성의 섭리란 하느님의 마음과 같은데 간단하게 말해서 부모미생전 본래진면목이다. 머리로 일어나는 것이 아니고 기적인 영향이나 심리적 상태가 스스로 좋은 방향으로 흘러간다. 예를 들어 손기가 발생하는 행동이나 잘못된 생각을 본능적으로 피하게 되는데 이를 어기면 기적인 섭리의 작용이 나 스스로에게 불안한 파장으로 전해진다.

아마도 이런 식으로 그 동안 잘못되었던 수련자의 모든 것이 하나씩 변해가는 것으로 보인다. 섭리, 본성의 섭리, 하늘의 섭리, 우주의 섭리, 무의식의 나 스스로가 점점 섭리를 따라간다.

2016년 9월 26일 월요일

최근에는 좌선 시 현묘지도 화두문제로 빙의령에 거의 신경을 안 쓰는데 어제 저녁에 들어 온 영이 조금 특이해서 오전 수련에 관하여 보았다.

상단전에 집중한 지 5분 정도가 지났을까? 화면이 빙글빙글 돌아가기 시작한다. 이것은 대주천이 시작되고 삼태극이 나타나기 시작했을 때 나타났던 현상과 같았다.

다만 그때와 다른 것은 파랑이나 빨강 등의 색상이 보이지는 않고 무색이다. 마치 기운이 한쪽 방향으로 소용돌이치는 것처럼 보인다.

아무튼 회전현상이 끝나고 한 화면이 보이는데 황금색 벨트를 차고 있는 건장한 남자이다. 그런데 이전과는 조금 다른 것이 삼국시대나 조선시대 복장이 아니고 꼭 중세시대 복장 같다. 유럽 쪽으로 보이는데 원령은 아니고 인연령이다. 그런데 내가 전생에 유럽 쪽에서도 살았었나? 평상시에 영어를 좋아하긴 해서 어렴풋이 짐작은 했었지만 중세시대 빙의령을 보니 새롭네. ㅎㅎ

최근에는 삼국시대나 조선시대뿐만 아니고 다른 차원과 다른 행성 등등 여러 형태의 빙의령들이 들어오고 있다.. 그런데 이 존재들을 일일이 하나하나 파악해야 할까? 대부분 이전보다는 고통도 거의 없고 때가 되면 알아서 천도되는 편이라서 무심하게 두었는데 가끔 막상 나가고 나면 이번에는 어떤 빙의령이었을까? 궁금하기도 하다.

대체 나는 언제 어디서 누구로 몇 백 생이나 살았던 것일까?

인연 따라 왔을 존재들이여 극락왕생(極樂往生), 업장소멸(業障消滅)하시길...

2016년 10월 2일 일요일

사실 얼마 전부터 현묘지도를 암송하면 어떤 안개가 가로막았었는데 이것이 사라졌다. 대신에 "현묘지도"라는 단어를 암송하면 순간적으로 상단전에 기운이 모여 화면의 상이 보인다. 그러나 이것이 마치 TV 화면조정처럼 그냥 정지한 상태로 막혀있는 상황이었다. 아무것도 보이지 않고 그냥 딱 그 화면 앞에서 멈추어진 상태...

그런데 오늘 드디어 현묘지도를 시작하고 2번째 화면을 보았다. 좌선하고 호흡을 하는데 여느 날처럼 화면이 보이지 않는다. 포기하지 않고 30분 가량을 더 집중하였다. 가슴이 조금 답답하여 빙의령에게 방해하지 말고 함께 수련하도록 파장을 보냈다. 집중상태가 조금 나아지자 일심으로 상단전에 집중하는데, 그런데 바로 그 순간 상단전에서 긴 터널 같은 것이 하늘로 뻗어나간다. 두꺼운 벽돌 같은 것이 부서지며 어느새 길게 뻗어나간 터널이 우주공간까지 이어진다.

이것을 어떻게 표현해야 할지 잘 모르겠다. 화면이 대형 스크린처럼 보이고 마치 온라인 슈팅게임 같은 1인칭 시점으로 보인다. 상단전에서 뻗어나간 긴 터널이 벽을 허물고 길게 우주공간까지 연결되어 있다. 무슨 성단 같은 것도 보이고 수많은 별들이 보인다. 그야말로 별천지다.

그런데 특이한 것은 기적인 변화는 전혀 느껴지지 않는다. 일단 한 단계 나아간 것으로 보이는데 『선도체험기』에 소개되는 기적인 변화가 없어 아쉽다.

요령을 터득하였는데 역시나 집중력과 지구력이다. 마음이 흔들리면 "조화주무심"을 암송하였고 상단전에 집중하려고 노력하였다. 오로지 일심으로 나라는 존재조차 못 느낄 정도로..

『선도체험기』에서 현묘지도 부분을 다시 찾아봐야겠다. 아무튼 더 지켜봐야 하겠지만 도움을 주신 지도령과 보호령, 모든 천지신명에게 감사한다.

막상 두 번째 화면을 보니 마음이 그저 덤덤할 뿐이다. ㅎㅎ

2016년 10월 7일 금요일

오전 수련에 현묘지도를 암송하는데 붉은 기운에 휩싸인 첨성대가 보인다. 무슨 의미인지 잘 모르겠다.. 현묘지도 수련과 관계가 있는지? 없는지? 너무나 선명하고 강렬한 붉은색이라 꼭 불타오르고 있는 것처럼 보인다. 암송을 현묘지도에서 천지인삼재로 다시 바꾸었다.

수련을 마치고 출근하는데 어제 저녁에 들어온 빙의령이 불안감을 증폭시킨다. 최근에는 웬만한 빙의령들은 그냥 주시만

하고 알아서 나갈 때까지 내버려 두는데 이렇게 심신에 간섭 작용을 일으킬 땐 관을 하기 시작한다. 이런 빙의령들은 그냥 내버려 두면 마음을 지배하려 든다.

운전을 하면서 중단전에 마음 "心"자를 올려놓고 노궁혈과 용천혈로 천지기운을 끌어 모았다. 이렇게 의식하고 호흡을 하면 순간적으로 강력한 기운을 한곳에 집중할 수 있다.

암송은 "환희지심", 불안함이나 우울감이 일어날 때 탁월한 효과가 있다. 암송하며 온몸에 퍼져있는 찌질한 감정들을 하단전을 지나 중단전의 자성에 모아 모아서 회전시켰다.

20분 정도가 지났을까? 오전 수련에 들어온 비교적 약한 영이 먼저 나간다. 이럴 땐 "극락왕생, 업장소멸"을 암송하여 주었다. 잠시 후 10분 정도가 더 지났을까? 불안감을 증폭시키던 비교적 강력한 영이 나간다.

최근에는 천도되어 나갈 때 기적 소모가 거의 없어 주천화후가 약하게 일어나는데 이번엔 조금 강력하고 중단전에 순간적으로 불덩어리 같은 기운이 맴돌다 사라진다. 인연 따라 왔을 존재들이여 극락왕생(極樂往生), 업장소멸(業障消滅)하시길...

어제 저녁에 배송되어 온 『선도체험기』 112권을 읽는데 현묘지도 수련체험기 부분에서 비교적 강한 기운이 느껴진다. 백회로 기운이 들어온다. 나의 체험과 비교해 보니 차원이 달라도 너무 다르다. 비교 대상도 아니고 내 자신이 너무나 초라해진다. 현묘지도를 수련하는 제자분들에게 삼공 선생님이 기운을 실어 주는 것으로 보인다.

여성 수련자분이 조금 특이한데 "천리전음"으로 지도령이 수련을 지도하는 것으로 보인다. 수련자의 근기나 인과, 성향 등으로 지도령과 보호령과의 인연도 맺어지는 것으로 보인다. 이 분의 자성이 현묘지도 수련을 시작하자 덩실덩실 춤을 추는 장면이 가장 인상적이다.

이것이 바로 수련이 깊어지면 만날 수 있는 내 안의 본성이다. 개인적으로는 본성의 파장을 제대로 읽어내면 저절로 미소가 지어진다. 석가모니가 들어 올린 연꽃의 의미를 깨달은 가섭존자의 염화미소처럼...

이 여성수련자가 12년 전에 어느 날 갑자기 삼공재에 나타났다고 하는데, 이것은 분명 진화를 원하는 이 분의 자성이 알 수 없는 힘으로 이끌고 온 것이다. 이 분처럼 자성의 파장을 제대로 읽고 받아들이면 급격한 영격의 진화가 이루어지지만 만약에 이를 제대로 알지 못하고 받아들이지 않는다면 차후에 더 극단적인 방식으로 다가온다. 이 순간을 위하여 이 분은 몇 생을 기다려 왔는지 모르는 것이다.

미신 같지만 이런 부분들은 수련이 깊어지면 모든 수련자가 스스로 알게 된다. 나 자신을 등불 삼아 진리를 스승 삼아 앞으로 나아가시길...

2016년 10월 17일 월요일

지난주에는 원령에 또 원령이 들어와 죽는 줄 알았네. 역시 아직은 다수의 원령은 힘든가 보다. 그 중에 한 명은 여자령인데 하루 종일 슬프기만 하다. 슬픔이 너무나 애잔해서 그 파장만으로도 가만히 있어도 눈물이 나려고 한다. 무슨 사연이 있던 것인지 나와는 어떤 인연이었는지... 아니 내가 무슨 짓을 한 건지 대체 전생에 무슨 짓을 하면서 산 것인지...

두 원령을 2~3일 만에 모두 천도시키고 주말에 쉬는데 또 다른 여자 원령이 나타난다. 주말에 비가 와서 등산도 못 가고 하루 종일 쉬고 있는데 어제 저녁 8시나 되었을까?

갑자기 내 방 벽을 뚫고 등뒤로 거의 등신대의 모습으로 여자령이 나타난다. 키가 크다. 느낌이 너무나 강렬해서 나도 모르게 아무도 없는 등뒤를 화들짝 놀라 뒤돌아보는데 그 순간 스르르 미끄러지듯이 내 곁으로 다가와 선다.

아마도 이 여자령의 모습을 영안으로 그냥 보았다면 기절초풍했을 것이다. 이것은 좌선 후 집중을 해야만 보여서 그나마 다행이다. 그런데 특이한 건 이 영은 아무런 파장을 내보내지 않는다. 오늘 하루 종일 머물다 저녁 8시나 되어서 나가는데 그때까지 아무런 파장이 안 느껴진다. 참... 얌전한 원령도 다 있네. 저녁에 궁금하여 상단전에 집중하는데 도무지 보이지가 않는다.

천도 시간을 계산해 보니 거의 24시간인데 올 초에 6시간 정도였던 것이 늘어 난 것이다. 영력이 센 영들로 레벨이 높아진 것인데 이마저 점점 단축되어가고 있다.

그런데 오늘 하루 종일 내심 이만한 원령 하나 몇 시간 만에 천도를 못 시키는 것인가 하고 실망하고 있다가 문득 삼공 선생님의 천도 시간 단계가 생각난다.

삼공 선생님도 처음에는 빙의가 되면 천도하기까지 거의 몇 달씩 걸리셨다고 한다. 수련이 깊어지면서 6개월이 3개월이 되고 3개월이 1개월이 되고 그것이 보름이 되고 열흘이 되고 일주일이 되고 사흘이 되는 데 무려 5년이라는 세월이 걸렸다고 한다.

사흘은 하루가 되고, 24시간이 12시간, 6시간, 3시간, 마침내 1시간 대로 단축되는 데 다시 2년이라는 세월이 흘렀다고 한다. 계산해 보면 총 7년이라는 기나 긴 시간이 흐른 셈이다.

역시 이 공부는 서두른다고 되는 것이 아니다. 하루하루 쉬지 않고 꾸준히 걸어가야 하지…

2016년 10월 22일 토요일

등산만 가려면 주말에 비가 오거나 일이 생겨서 오늘 거의 한 달 만에 갔네. 단풍이 아직 덜 든 것인지 모두 지고 다 떨어진 것인지 울긋불긋하다. 역시나 산에 가면 운기가 활발해진다.

등산하면서 최근에 자주 보는 것이 외국인들이다. 나라도 다양해서 미국, 일본, 중국, 인도, 이 분들은 무슨 인연으로 대한민국에 왔는지 잘 모르겠지만, 아무튼 글로벌 시대는 맞는 거 같다. 또 한가지 놀란 것은 바로 우리 한국인들의 영어 실력이다.

최근에는 승진시험에서도 영어항목이 있는 것으로 알고 있는데 이 분들 실력이 보통이 아니다. 40대 남자 한 분이 미국인 한 명과 대화하는 것을 보니 거의 프리토킹 수준이다. 잠시 후에 또 한번 놀랐는데 어떤 50대 중반으로 보이는 남자분이 질세라 영어로 멘트를 날린다. 그 장면이 얼마나 자연스러운지 모른다.

한참을 얘기하다가 헤어질 때쯤 미국인 남자가 "고맙습니다"

하고 인사를 하자 웃음바다가 된다. 참! 우리 아저씨들 정말 자랑스럽다. ㅎㅎ 외국인들에게 상당히 친절하고 친근하게 다가간다.

이렇게 정상을 외국인들 때문에 웃으면서 오르고 다시 내려오고 있는데 중단이 조여 온다. 어제 잠잘 때 들어온 영인데 그냥 놔두려고 했지만 파장이 점점 심해져 온다. 저급령인데 이런 영은 중음신이고 찰거머리같이 수련자에게 찰싹 달라 붙어있다. 다음 주 월요일에 힘든 작업이 있는데 이 부분까지 불안감을 파고든다.

안되겠다 싶어 사통팔달호흡법(四通八達呼吸法)과 자성수련법(自性修練法)을 시작하였다. 백회, 단전, 회음, 노궁혈, 용천혈 등 사지로 천지기운을 끌어 모아 중단전에 포커스를 맞추었다. 온몸에 퍼져있는 찌질한 기운들과 사기를 중단전의 마음 "心"자에 넣어 회전시켰다. "천지기운 한기운", "조화주 하느님" 암송으로 기운을 끌어 모으고 연계하여 "환희지심" 암송을 집중적으로 반복하였다.

얼마나 흘렀을까? 2~3시간도 채 안되어 주천화후를 뜨겁게 일으키며 천도되어 나간다. "극락왕생", "업장소멸"을 암송하여 주었다.

산을 내려오는데 중단전이 용광로처럼 불타오른다. 이런 상태로 호흡을 집중하며 걷는데 중간에 숨이 걸린다.. 어라? 이게 왜 이러지? 호흡을 다시 해 보니 한 분이 더 계신다.

이 양반은 언제 들어와 있던 것일까? 쥐도 새도 모르게 들어와 있었네. 너무나 조용하고 얌전한 영이다. 마치 평생 안 걷고 눌러 앉겠다는 듯이... ㅎㅎ 이런 영을 그냥 두면 접신령이 될 수 있다. 느낌상 아이령 같기도 한 것이 파장이 너무나 순하다.

"누구신지요?" 파장을 보내본다. 그러나 못 들었다는 듯이 전혀 답이 없다. 이런 영은 억지로 끌어내면 오히려 탈이 날 수도 있다.

일단 내가 알아챘으니 그냥 둘 수는 없고 약하게 파장을 보내며 기운을 회전시켰다. 한 시간도 채 안되어 순순히 천도되어 나간다. 귀여운 친구일세... ㅎㅎ

이 영이 나가고 장장 한 시간 동안 중단전이 완전히 열린다. 이럴 땐 환희지심을 느낀다. 법열이 느껴지고 이유 없는 잔잔한 기쁨이 온몸을 감싸주고 있다.

이런 상태를 어떻게 말로 다 표현할 수 있을까? 하산하는 동안 모든 것이 감사하고 세상이 너무나 아름답게 느껴진다. 그냥 살아있고 이렇게 걷고만 있어도 너무나 행복한 느낌이다.

1~2시간 뒤 차를 타고 이동하는데 또 다른 영이 가슴을 조여온다. 다시 그대로 중단전에 집중하고 "환희지심"을 암송한다. 이 영도 한 시간도 채 안되어 나가고 후배 집에 잠깐 다니러 가는데 또 다른 영이 들어온다.

후배 집을 다녀오다가 하늘을 무심코 보는데 무지개가 떠있다. ㅎㅎ 이렇게 오늘 집에서 저녁으로 먹은 후에 들어 온 동물령까지 대략 5~6 명을 천도하였다. 글 쓰는 동안 동물령이 나가고 오늘의 마지막 천도되실 한 분이 조용히 미무르고 계신다.

참 희한한 일이지... 환희지심이란 암송의 힘인지 등산 후의 운기의 힘인지 컨디션이 최고조다.

2016년 10월 25일 일요일

요 근래 강력한 원령들로 현묘지도 수련을 제대로 못 했는데 오늘은 컨디션이 괜찮다. 작정하고 오전 수련에 결가부좌하고 좌선에 들었다.

하단전에 천지기운을 모으고 이내 중단전의 마음 심자를 관하며 기운을 회전시켰다. 이렇게 최근에는 자성수련법으로 중단전의 화두수련도 같이 겸하고 있다. 중단전에 기운을 집중적으로 회전시킨 후 다시 상단전에 흘려보낸다. "천지인삼매"

를 암송하며 일심으로 현묘지도 화두를 관하고 호흡을 안정시켰다.

그 순간 기다렸다는 듯이 상단전에 밝은 빛이 번쩍인다. 빛과 동시에 환하게 인당이 켜지며 화면이 일렁거린다. 그런데 무엇인가 가려져 있다. 아! 화면을 못 보는 것이 아니고 화면은 뜨고 있는데 어떤 힘에 의해 가려져 있네... 음...

이걸 어떻게 받아들여야 하나? 일단 흔들리지 않고 화면의 실루엣을 그대로 지켜보았다. 무엇인가 한편의 스토리처럼 지나가고 있다. 그러나 여전히 위의 사진처럼 뿌옇게 가려진 채로 흘러간다.

무슨 내용이었고? 매번 왜 이러는 것일까? 이 수련이 혹시 천기누설과 관련이 있어서인가? 아니면 내 기운이 아직 모자란 것일까? 개의치 않고 일단 수련을 끝까지 마무리 하고 출근하였다.

출근길에 차 안에서 곰곰이 생각해 보다가 아무래도 이 현묘지도 라는 수련을 다양한 방법으로 테스트 해 봐야겠다는 생각이 든다. 조금 늦게 가더라도 면밀하게 하나하나 테스트 하며 가다 보면 언젠간 알게 될 것이다. 그래도 최근 중단전 수련 때문인지 마음은 그지없이 편하다.

그런데 꼭 현묘지도 관련 글만 쓰고 있으면 관음수련 파장음이 미친듯이 요동친다. 한가지 특이한 것은 진허도인이 현묘지도를 삼공 선생님에게 전수할 때는 “천지인삼재”로 알고 있었는데 최근 『선도체험기』를 보면 “천지인삼매”로 바뀌었다.

2016년 11월 3일 목요일

최근에는 단전에서 의식을 떼고 마음으로 호흡을 하고 있다. 날숨일 때에만 중단전에 기를 보으고 마음 심자 화두를 암송하는데 오늘 특이한 화면을 보았다.

근래에는 원령이 들어와도 거의 하루 만에 나가는데 이번 주 월요일에 들어온 영은 길게 간다. 벌써 4~5일이 다 되어 가는데 그냥 머무를 기세다. 안되겠다 싶어 오늘은 작정하고 영안으로 집중을 하는데 별안간 황금빛 부처가 보인다. 정확하게는 금빛으로 빛나는 불상이다.

빙의령에 집중을 하는데 왜 금빛 찬란한 불상이 보일까? 곰곰이 생각해 보니 수련이 조금씩 진전이 되고 있는 것으로 보인다. 지속적인 빙의령들의 침입으로 거의 매일같이 중단전이 막혀있지만 이들의 뒤로 내 안의 본성의 실상은 점점 더 밝아지고 있는 것이다. 중단전이 완전히 열릴 때면 언제나 법열이나 환희지심을 경험한다.

언젠가 빙의령들이 방문이 멈추는 날 소리 없이 진화해 온 나의 실상을 만나게 될 것이다.

2016년 11월 5일 토요일

매주 주말이면 등산을 하는데 왜 이렇게 매번 힘든 것일까? 오늘은 유난히 힘이 든다. 날씨까지 흐리고 미세먼지 때문에 그런지 머리까지 아프다. 그나마 다행인 것은 일주일 동안이나 머물렀던 빙의령이 천도되었다.

최근에는 매주 등산하기 전에 상당히 영력이 강한 원령들이 들어온다. 등산을 하면 운기가 활발해져서 그런지 이 분들이 꼭 미리 알고 들어오는 느낌이다.

그런데 아주 오래 전부터 궁금한 사실 하나가 있는데 천도 장소가 유난히 우이암인 경우가 많다. 이 부분은 선도수련을 시작하고 도봉산 등산을 처음 하기 시작하면서부터 경험한 일인데 이 현상은 왜 이렇게 자주 일어나는 것일까? 항상 궁금하였다. 물론 다른 장소인 경우도 많이 있으나 유독 우이암 근처에서 천도가 자주 이루어진다.

또한 도봉산 등산을 자주하면서 자연스럽게 알게 된 기운의 흐름이 좋은 장소가 있다. 바로 만월암으로 들어서는 초입인데 이 장소에서 느끼는 기운이 상당히 좋다.

개인적으로는 풍수에 대해서 전혀 모르지만 우이암과 만월암 이 두 곳은 명당으로 보인다. 아마도 이 두 장소가 도봉산에서 상당한 명당이 아닌가 싶다. 물론 선도수련자는 수련이 깊어지면 부족한 천기와 지기를 스스로 끌어오므로 명당이 필요 없다.

그러나 풍수적으로 좋은 기운이 흐르는 장소에 들어서면 더 강한 기운을 흡수, 사용할 수 있다. 아무리 강한 원령도 우이암 근처에 이르면 강력한 주천화후를 일으키며 천도되어 나간다.

이런 일이 자주 있다 보니 도대체 어떤 장소인지 우이암의 유래에 대해서 알고 싶어진다. 그 순간 놀라운 사실 하나가 눈에 들어온다.

아! 역시 이유가 있었구나. 우이암을 불교에서는 관음성지(觀音聖地)로 여긴다고 한다. 역사에는 정사와 야사가 있다. 틀림없이 우이암이 관음성지로 불리게 된 유래가 있을 것이다.

이 우이암 바로 아래에는 그 유명한 도선국사가 창건한 원통사라는 사찰이 자리하고 있다. 깎아놓은 듯한 절벽 위에 지은 아슬아슬한 위치에 있는 오래 된 절이다. 도선국사는 풍수의 고수로 알려져 있다. 이런 분이 왜 하필 우이암 아래에 절을 세웠을까?

이 분이 더 위대한 것은 그 어느 나라에서도 찾을 수 없는 "비보풍수"의 창시자이기 때문이다. 비보풍수... 나쁜 것에 수긍하지 않고 인위적인 풍수로 나쁜 것을 좋은 기운으로 바꾸어 놓는다.

2016년 11월 8일 화요일

오늘 오전 수련에는 천지인삼매에서 더 이상 진전이 없어 다음 단계인 유위삼매를 암송해 보았다. 물론 중단전 수련 후 마지막 단계에서 암송하였지만 너무나 변화가 없다.

아무래도 홀로 현묘지도 수련을 시험해 보는 것은 더 이상 무리로 보여 자료를 찾아보았는데 마침 예전에 알게 된 『선도체험기』의 내용을 요약해 놓은 카페에서 현묘지도 자료를 확인하였다.

그런데 몇 가지 중요 내용을 요약하자면 첫째로 도맥을 전수해 주는 스승이 있어야 한다. 이 스승의 위치에는 지도령이나 선계의 스승들도 포함된다.

두번째는 현묘지도를 전수받을 제자가 모든 준비가 되어 있어야 한다. 아마도 이 시기는 스승이 제자의 기적인 부분을 점검하여 판단하는 것으로 보인다.

마지막으로 현묘지도 수련시에는 화두만 암송하면 단계별로 기운이 변해야 한다. 바로 이 부분이 나의 개인적인 경험과 가장 다른 부분이다. 화면은 몇 개 보았으나 호흡 즉, 기적인 변화가 전연 없는 상태였다. 즉, 현묘지도 수련은 암호화된 코드처럼 정확한 화두가 있어야 하는 것으로 보인다. 또한 삼공 선생님 말씀처럼 선계의 스승들, 삼공 선생님, 수련자가 삼위일체가 되어야 한다.

오늘 하루 종일 곰곰이 생각해 보다가 더 이상의 현묘지도 도전은 무의미하게 느껴졌다. 일단 현묘지도 수련은 보류하고 중단전의 마음 심자 화두에 열중하기로 하였다. 많은 아쉬움이 남지만 그래도 나름 가치 있고 의미 있는 도전이었다고 생각한다.

우리는 흔히 미리부터 걱정하고, 해보지도 않고 안 된다고 생각하고 남이 걸어 간 길만 따라 가려는 습성이 있다. 이래서는 개인적인 발전이나 진전은 있을 수 없다. 스스로에게 끊임없는 질문과 도전을 통해서만 자신의 영성이 진화하게 된다.

먼저 걸어간 사람들이 어떻게 성공했는지? 왜 실패하였는지? 늘 연구하고 반문해 보아야 한다. 이렇게 자꾸만 돌이켜 보고 시험하다 보면 어느 순간 놀라운 발전이 있게 된다.

지금 몇 천 년이나 잠들어 있던 한국의 선도(仙道)가 다시 깨어났지만 더 발전시켜야 한다. 앞서간 스승들과 선배 도인들의 발자취를 좀 더 연구하고 보강해서 또 본인만의 수련법을 개발해서 더 많은 사람들에게 좀 더 쉽게 다가가야 한다.

요즘처럼 세상이 미쳐 날뛰는 시기에는 진리파지가 더 절실하게 필요하기 때문이다. 바로 이것을 가능하게 할 수 있는 방편이 우리민족 고유의 수련법인 선도수련(仙道修鍊)이다.

나이 들어 본성이 흐려지기 전에 어린 나이부터 선도수련을 시킨다면 더욱 효과적일 것이다. 언젠가 선도의 인재들이 많이 나와서 그야말로 대한민국이 도인천국으로 변했으면 한다.

마지막으로 짧은 기간이었지만 수련에 도움을 주신 지도령과 보호령, 천지신명에게 감사한다. 아울러 이렇게 영광스러운 현묘지도 도맥을 전수하고 계시는 삼공 선생님에게 경의를 표한다.

또한 평생을 바쳐 현묘지도 수련을 전수받고 지켜 낸 진허 도인이 없었다면 지금껏 삼공재에서 이렇게 많은 전수자들이 나올 수 없었을 것이다. 이 분에게도 감사해야 한다.

언젠가 빙의령을 한 시간 만에 천도시키고 어떠한 상황 속에서도 평상심을 유지하고 앉기만 하면 곧바로 삼매에 들고 모든 역경을 수련의 방편으로 삼을 때 삼공재에 방문할 예정이다.

최종 결론은 현묘지도 수련은 삼공 선생님에게만 전수받을 수 있는 것으로 보인다. 그 동안 보잘것없는 도전기에 관심가져 주신 모든 블로그 이웃님들에게 진심으로 감사드린다.

2016년 11월 19일 토요일

지난주에는 좌선 중에 가슴이 답답하여 상단전에 집중하였더니 웬 임금같은 분이 보인다. 면류관을 쓰고 용포를 입은 상태인데 옷 색깔이 노란색이다. 음! 노란색은 고려 아닌가? 아니면 중국 쪽 같기도 한데 조금 더 집중해서 보자니까 그 순간 오버랩된 화면으로 보인다. 한 분이 더 중복된 상태로 나타나는데 이 두 분이 같은 분인 거 같기도 하고 아마도 이 분이 두 번의 생을 임금으로 살았다는 것을 간접적으로 보여주는 거 같다.

오전 수련을 마치고 유난히 일이 많은 날이라 서둘러 사무실로 향했다. 직업상 사람을 많이 만나야 하는 상황이라서 하루에도 여러 업체의 고객들을 만난다.

그런데 선도수련을 하면서 이렇게 다른 사람들과 만날 때는 안 좋은 기운도 많이 받는다. 이 분들의 감정 상했던 기운과 주변에 있던 음기들인데 이런 기운들을 그대로 흡수하는 것이다.

그러나 정말 괴로운 건 이 분들의 조상령이 느닷없이 갑자기 떼거지로 몰려들어 올 때다. 그 고통을 누구에게 말할까? 하지만 돌이켜 보면 이런 분들은 모두 과거 생에 조금이라도 나와 인연이었거나 악연이었던 경우가 대부분이다. 그러니 뭐라 딱히 원망도 못하는 입장이다.

더 특이한 건 한 고객사나 같은 건물에 이런 분들이 두 분 이상 있는 경우가 많다는 것이다. 무슨 말인가 하면 예를 들어 아파트 한 동에 거래처가 있다고 치면 같은 동에 또 한 분이 더 있다. 다른 동에서는 거래처가 안 생기는데 꼭 유독 같은 동에서 2~3군데 거래처가 생긴단 뜻이다. 에휴... 그러니까 이게 다 업보라는 것이지... 집단 환생한다는 말이 어느 정도 일리는 있어 보인다.

대게 이런 분들은 한눈에 선연인지 악연인지 알아볼 수 있다. 유독 잊을 수 없는 분들은 내가 전생에 만남을 많이 기다리게 했다거나 외면했었던 경우가 많다.

또한 이 분들을 만날 때면 반드시 하루나 이틀 전에 원령이 들어오는 경우가 많은데 선도수련이 참 특이하고 경이로운 건 이런 식으로 미리 전생의 악업을 소멸하는 것이다. 이 원령들은 반드시 이 악연들을 만나는 그 순간 바로 그 현장에서 천도되어 나간다. 이런 현상들은 개인적으로 수많은 경험과 관찰을 통하여 알아내었다.

선도수련을 하면 사주가 변한다는 것은 바로 이런 카르마가 사전 소멸되는 현상을 말한다. 이러다 보니 사주상 죽어야 할 사람도 사고가 나야 할 경우도 운이 안 좋은 경우에도 비켜간다. 아니 그 업이 작아지거나 사라진 것이다.

그러니 아무리 원령으로 고통 받는다고 하여도 절대로 원망해서는 안 된다. 살아생전에 나로 인한 이 분들의 아픔이 얼마나 크고 힘들었을까? 선도수련인은 이렇게 기운만으로 그 악업을 풀어낼 수 있다는 것에 감사해야 한다.

오후 늦게 대부분 일을 마치고 마지막 업체에 방문하여 일을 하는데 한 분이 피곤하게 한다. 대게 이런 분들은 그동안 평소 궁금했었던 복잡한 테크니컬한 질문을 쏟아 낸다. 평소 같으면 나름 잘 받아 주는데 이 날은 내가 좀 피곤했는지 그냥 못들은 체하고 일만 하였다. 정밀을 요하는 작업이라 집중해야 하는데 자꾸만 질문을 해대니까 속에서 짜증이 밀려온다.

일이나 끝나고 물어보지. 질문 좀 엔간히 해라. 그런데 그 순간 이 분이 갑자기 뒤로 가더니 5분 뒤에 양손에 무엇인가 들고 나온다. 아! 한 손에는 원두커피를 다른 한 손에는 믹스 커피를 타온 것이다. 아! 이거, 이 고객이 미소를 띠며 커피를 권하는데 그 순간 내 마음속 짜증이 눈 녹듯이 녹아내린다.

참나! 이 일반인이 역지사지를 실천한 것이다 아! 당했네. 역지사지는 도인인 내가 실천해야 하는 것인데 이런 개망신이 있나? 더 깜놀한 건 현장에서 해결이 안 되어 제품을 입고해야 하는 상황이라 짜증이 또 밀려오는데 간단법이 있지만 고객에게 직접 하라고 할 수는 없고, 그런데 이 양반이 하는 말이 더 히트다.

"무거운데 힘들게 들고 다니지 마시고 그냥 전화로 알려주세요."

아! 연속으로 콤비네이션 핵 펀치를 맞았네. 이럴 때면 꼭 눈 뜬 채로 귀싸대기를 맞은 기분이다. 일반인들을 무시해서는 안 된다.(_ _)

그 동안 나름 마음공부 좀 했다고 글깨나 썼었는데 이게 무슨 십 원짜리 마음이란 말이냐?

짜증이 파도처럼 훅하고 밀려왔다가 겨우 커피 한잔에 마음이 눈 녹듯이 사라지다니... 그야말로 마음장난 아니란 말인가? 내일부터 다시 마음공부를 시작해야겠다. 처음부터 다시 시작하고 그동안 무엇이 잘못된 것인지 뒤돌아 봐야 한다.

이럴 땐 차 한잔 하면서 천천히 돌이켜 보는 것이 좋다. 그동안 나름 수련이다 일이다 너무 내 자신이 내 심신이 지쳐 있었던 것으로 보인다. 너무 자책하지 말고 조급하게 생각하지 말자. 그나마 다행인 것은 최근엔 아무리 힘들어도 중단전이 비교적 빠르게 열리곤 한다. 막혔던 중단전이 시원하게 뚫리고 주천화후가 일어날 때면 세상을 다 얻은 기분이다.

2016년 11월 23일 수요일

사실 지난 한 달간은 좀 특이한 경험을 하였다.

블로그에 들어오면 중단에 이상한 기운이 밀려 들어와 원인이 무엇인지 한참을 생각하였다. 이것은 평소 느낄 수 있는 중음신이나 빙의령의 기운이 아니었다. 느낌도 그냥 중음신들이 아니고 약간의 도력이 있는 잡신들 한 무리 정도의 잡신령들이다.

대개는 이런 종류의 기운은 무당들이나 영매들의 주변에 붙어있는 저급령의 것들인데 이 무리가 도대체 어디에서 흘러들어 왔을까? 대략 일주일 정도 고생하고 모두 사라졌는데 한동안 곰곰이 생각하다가 이 존재들이 어디에서 온 것인지 알고 싶어진다. 안되겠다 싶어 블로그 방문자 히스토리를 보며 찾아다니기 시작했다.

우선은 이웃 중에 무당이 한 분 있는데 혹시 이 분에게 붙어 있던 잡신들이 들어 온 것인가 싶어 댓글란에 글을 남겨보았지만 이 분은 아니었고 이 분에게는 동자령 한 명만 붙어있다. 괜히 죄 없는 이 분만 이웃삭제를 해버렸는데 죄송한 마음이다.

며칠 동안 더 찾아다니다가 우연히 얼마 전부터 들어 온 한 블로거 홈에 방문하는데 그 순간 내 블로그에서 느꼈던 잡신령의 기운이 느껴진다. 아! 그런데 이 분 한동안 대화를 자주 한 분이다.

그 동안 왜 몰랐을까? 이때부터 이 분의 블로그에 방문하여 여러가지 대화를 해보는데 갑자기 웬 30대 남자령의 기운이 느껴진다. 그런데 이 영은 거의 등신대 크기고 접신령이다. 유독 선도수련에 관한 대화를 할 때면 이 남자 접신령의 기운이 파장으로 강력하게 전해온다.

추론해 보자면 이 접신령은 아마도 살아생전에 선도수련을 했었던 구도령으로 보인다. 그런데 이 영이 웃긴 것은 꼭 생전에 살아있을 때처럼 이 여자분에게 붙어 수련을 하고 있다.

정확하게는 실제 수련을 하지 않지만 정말로 하는 것처럼 느끼는 것이다.

이 접신된 여자분의 말을 들어 보면 아주 어릴 적부터 아팠는데 그때부터 영능력이 생겼고, 마음으로 빌어 주기만 하면 다른 영들을 천도하기도 하고 신기한 경험을 많이 했다고 한다. 접신된 여자분은 이런 능력들은 본인이 날 때부터 타고난 천부적인 능력으로 인식하고 있다. 그러나 가장 큰 문제는 가끔 본인도 모르게 단기 기억상실증에 걸린다는 것이다. 이때가 바로 접신령이 이 여자분을 완전히 지배하고 활동하는 것으로 보인다.

접신령을 여성분에게 말해 주었지만 본인은 누구에게도 배울 필요가 없는 천재로만 생각한다. 접신 자체를 완강히 부정하고 멀쩡할 때는 너무나 똑똑하고 아는 것이 많은 분이다. 안타까운 건 이 분과 나는 전생의 인연인데 나의 도력이 낮아서 그런지 현재로선 답이 없다.

본인이 먼저 접신된 상태를 파악하고 해결 의지가 있어야 도움이라도 줄 수 있을 텐데... 물론 나 또한 아직 수련이 그리 깊지 않은 상태라 전적으로 접신을 과신하기에는 무리가 있다.

혹시 내가 잘못 파장을 읽은 것인지 어제 삼공 선생님에게 두 가지를 문의해 보았다. 우선은 이 분이 정말로 30대 남자령에게 접신된 기운을 내가 제대로 읽은 것인지? 다른 하나는 블로그 상에서 대화하는 것만으로 상대방의 접신령을 천도할 수 있는 것인지?

삼공 선생님이 오늘 답을 주셨는데 두 번째 질문에만 회신을 주셨다.

"블로그에서 대화하는 것만으로도 접신령이나 빙의령를 천도시킬 수 있습니다."

이번 경험이 나의 수련이 한 단계 높아지는 데 필요한 숙제로 보인다. 현재는 이 분을 주시하고만 있지만 차후에 반드시 스스로의 힘으로 풀어 볼 예정이다.

2016년 11월 26일 토요일

최근에도 빙의령은 여전히 줄기차게 들어오고 있지만 빙의령 천도시간이 빨라지다 보니 중단이 완전히 열리는 현상이 잦아졌다. 중단전 축기가 제대로 되고 있는 것으로 보인다. 사기가 들어오면 불덩어리 같은 기운이 순간적으로 소용돌이 친다. 이 용광로 같은 중단전의 기운이 사기로 인한 고통을 대략 한 시간 이내로 녹여낸다.

이렇다 보니 금새 중단이 편해지고 자꾸만 이유 없는 기쁨이 몰려오고 그냥 웃음이 난다. 한없이 편안하고 포근한 느낌인데 한가지 의구심이 든다. 너무 기쁨에 젖어 있는 거 또한 오욕칠정의 하나인데 잘못된 것은 아닐까?

중단전에서 따듯한 기운이 온몸으로 퍼져 나갈 때면 근심걱정이 없는 무아상태가 된다. 이럴 땐 이상하게 자꾸만 이방원의 하여가가 머리에 맴돈다.

이런들 어떠하며 저런들 어떠하료
만수산 드렁칡이 얽혀진들 어떠하리
우리도 이같이 얽어져 백년까지 누리리라.

잘 알려진 바와 같이 위의 시조는 선도수련과는 전혀 관계가 없는 내용이다. 그러나 세상사 모든 것이 어차피 정해진 이치대로 흘러가고 있다는 의미로도 다가온다.

수련이 더 깊어지면 선과 악의 구분도 없어진다고 하는데 이것은 아마도 최고의 경지에 있는 수련자가 이미 가장 최선의 답을 알고 있기 때문은 아닐까? 아니 이미 예정된 천지조화의 흐름을 읽고 있는 것이다. 이미 정해진 이치대로 살아간다면 우리의 오욕칠정 또한 불필요한 것일지도 모른다.

석가모니 부처가 설한 "제행무상"의 실체 그 가르침의 내면엔 인간의 감정이란 허상인 것이다. 사랑도, 기쁨도, 슬픔도, 분노도, 공포도, 불안도, 번뇌도, 조바심도...

이렇게 인간의 감정이 점점 사라져가고 무심(無心)에 가까워질 때 본성을 만날지도 모르겠다.

2016년 11월 29일 화요일

극도의 긴장감은 극한의 공포와 같을 것이다. 심장과 손이 떨리고 입이 바싹 바싹 마르며 온몸의 근육이 경직되고 호흡이 거칠어진다. 선도수련을 하면서 가장 궁금했던 것 중에 하나가 바로 이런 절대절명의 순간에서도 과연 부동심을 유지할 수 있을까하는 생각이다.

때마침 오늘 오후에 최고조의 긴장감이 도는 작업을 하는데 잘됐다는 생각이 든다. 이전에는 중단이 자주 막혀있어 제대로 된 테스트를 할 수가 없어 늘 아쉬웠다.

오후 12시가 넘자 백회로 모든 빙의령이 나가고 중단전이 활짝 열린다. 백회로 서늘한 기운이 들어오고 중단전과 하단전에 따뜻한 기운이 맴돌고 있다. 안정된 삼합진공, 최고의 호흡, 절정의 주천화후, 머리 위에는 말뚝 같은 기운이 박혀있다.

매 순간 위의 모든 조합이 한 박자의 호흡이 되어 흘러가고 있다. 드디어 결전의 시간이 다가오고 작업을 시작하는데 순간적인 긴장감 아니 공포감으로 마음이 흔들린다. 이내 중단전의 자성에 포커스를 맞추고 마음 심자를 암송하였다.

그 순간 불덩어리 같은 기운이 중단전에서 올라와 강하게 회전한다. 소용돌이치는 기운이 돌아가고 흐트러진 마음이 고요해진다. 약간의 긴장감은 남아있는 상태이나 그 이상의 흔들림은 더 이상 발생하지 않는다.

아! 그런데 이 남아있는 0.1% 불안감의 파장은 100% 사라지지 않는 것일까? 아직 견성 전이라 그럴지도 모르겠다. 견성을 하면 긴장감이나 공포감을 안 느끼는 것일까? 안 느끼려 노력하는 것일까?

아쉽지만 나름 오늘의 테스트는 만족한다. 작업이 끝나고 천지인호흡으로 온몸을 순환시켰다.

2016년 12월 15일 목요일

지금부터 하는 이야기는 지난 11월 28일부터 12월 12일까지 체험한 아버님의 천도 내용이다.

아버님이 거의 20년 가까이 뇌졸증 및 치매로 투병하시다가 마침내 지난 12월 1일에 운명하셨다. 사실 이 개인적인 체험 내용을 블로그에 올려야 할지 말아야 할지 꽤 고민하였다. 여러 날 동안 고민하다가 문득 맨 처음 이 블로그를 운용하기 시작한 최초 취지를 생각하였다. 같은 길을 걷고 있을 도우님들에게 조금이나마 도움을 주려 했던 것이 맨 처음 목적이었다.

아울러 이번 아버님의 죽음 후 아들로서 직접 천도하여 드릴 수 있었던 것이 너무나 다행이었다. 가족의 죽음이란 어느 누구에게나 불현듯 다가오는 자연 현상으로 공감할 수 있을 것이다. 누구의 힘을 빌리지 않고 나 스스로의 기력으로 아버님을 천도한 것은 바로 선도수련이 힘이다. 이번 생애에 천운으로 선도수련을 할 수 있게 된 것이 너무나 고맙고 그저 감사할 따름이다.

아버님의 상태는 거의 1급 장애에 가까웠고 그동안 어머님의 피눈물 나는 간병이 아니었다면 아마도 벌써 돌아가셨을 것이다. 이런 상태로 그럭저럭 버티고 여러 번 죽을 고비를 넘기셨다.

이러던 것이 급기야 지난 11월부터는 상태가 최악으로 치닫기 시작하였다. 처음 보는 증상이 나타나기 시작하였는데 간

혈적으로 발작을 하기 시작한 것이다. 그런데 이 발작이라는 것이 좀 특이한데 하루에 몇 번씩 허공을 노려보며 손짓을 하는 것이다. 병이 깊으셔서 말도 어눌하게 하시던 분이라 발작을 할 때면 비명 같은 소리를 내셨다.

자세히 관찰해보니 꼭 저승사자를 보고 화들짝 놀라는 행동을 하고 계시는 것으로 보였고 이렇게 한번 발작을 하기 시작하면 온몸을 사시나무 떨듯이 하고 거의 기진맥진하시곤 하였다. 나중에는 안되겠다 싶어 발작을 할 때면 두 눈을 가려드리고 양손을 꼭 잡아드렸다.

이런 발작이 지나고 나중에는 왼쪽 다리와 왼쪽 팔, 왼쪽 얼굴에 심한 경기를 일으키셨다. 그런데 너무나 가슴 아픈 것이 아버님이 이렇게 경기를 할 때면 얼마나 고통스러운지 거의 비명에 가까운 괴성을 내시는 것이다. 한 밤에 주무시다가도 이러니 너무나 듣기 괴로웠다.

부모님이 고통받는 소리를 들어보지 않는 사람은 그 괴로운 심정을 모른다. 자식된 도리로 도저히 안되겠다 싶어 일단 저승사자에게 파장을 보내기 시작하였다. 날씨나 따뜻해지는 봄에 데려가고 또 더 이상 고통스러운 발작을 멈추어 달라고 염했다.

저녁에 아버님 발작이 너무 심한 날에는 머리 맡에 『선도체험기』를 놓아드렸고, 낮에는 아버님 이마에 한 손을 올리고 다른 손으로는 발작하는 팔과 다리를 주물러 드렸다. 그런데 참 희한하게도 그렇게 심하던 아버님의 발작이 서서히 약해지기 시작하였다.

더 이상한 건 이런 일이 있고 나서 특이한 빙의령이 왔는데 이 분이 꼭 저승사자 같은 느낌이다. 이 영을 하루 만에 천도시키고 다시 아버님을 관찰하는데 발작이나 경기가 많이 약해졌고 저녁에 잠도 비교적 편안하게 주무시기 시작하였다. 신기하기도 하고 고마운 일이었다.

그러나 결국에는 더 이상 거의 밥을 드시지 못하고 점점 삼키지도 못하는 상태가 되어갔다. 나중에는 항문이 열리고 동공반응도 줄어들고 호흡이 거칠어지기 시작하셨다. 급기야는 입을 다물지 못하고 자동으로 입이 벌어지고 입과 코로 동시에 숨을 쉬기 시작하였는데 호흡이 점점 더 거칠어지는 모습이 꼭 예전에 할머니가 돌아가실 때와 유사했다.

돌아가시기 며칠 전에는 아버님의 영이 2~3일 간 나에게 빙의된 것이 느껴졌다. 아마도 아버님의 영혼이 이미 죽음을 준비하는 것으로 보였다.

돌아가시기 하루 전에 새벽녘에 음산한 기운으로 잠을 깨었고 12월 1일 목요일, 일을 마치고 돌아와 아버님 상태를 보는데 호흡을 상당히 힘들게 하신다.

저녁 7시가 조금 넘었을까? 누님이 급하게 부른다. 안방으로 가보니 아버님이 숨을 금방이라도 멈출 것처럼 거칠게 내쉬고 있다. 점점 쉬었다가 안 쉬었다가 반복하신다. 이렇게 한동안 더 버티시다가 거의 운명할 때쯤에는 그동안 자동으로 감고 있던 두 눈을 어느새 희미하게 뜨시고 우리를 한번 바라보신다. 맞은편에 있는 어머님과 우측에 있는 누님과 나를 잠깐 동안 바라보시더니 순간 몸을 떠신다. 그 순간 혼이 빠져나간 것인데 꼭 순간적으로 아버님이 나를 공부시킨다는 느낌이 들었다.

그래도 그동안 선도수련을 해서 그런지 마음이 그렇게 괴롭지도 않고 눈물도 나지 않았다. 오히려 병든 육신을 버려 좋은 것인데 어머님과 누님은 슬픔에 젖어 거의 실신하기 직전이었다.

장의사가 오고 아버님의 시신을 병원으로 옮기는데 어느새 몸이 굳어져 있다. 사후 경직이 일어난 것이다. 혼이 나간 시신을 보고 있자니까 문득 "제행무상"이란 말이 떠오른다.

특이한 것은 돌아가시기 며칠 전부터 들어왔던 아버님의 영이 죽는 순간 빠져 나가는 느낌이다. 3일 상을 치르는 동안 여러 번 제사를 지내는데 아버님의 혼이 들어왔다 나갔다를 반복하신다. 명절에 제사를 지내는 동안 조상령이 후손에게 잠시 빙의되었다가 나간다는 삼공 선생님의 말이 사실로 확인되는 순간이었다. 또한 상중에는 다른 영들이 빙의되지 않았다.

조문객들을 받는 동안 아버님이 덩실덩실 춤을 추는 것도 느껴졌다. 병든 육신을 버리고 새롭게 태어난다는 사실에 기뻐하시는 파장이 전해져 온다.

아버님의 영이 순간적으로 가슴 저리는 아픈 파장을 전해주는 느낌도 있었는데, 맨 처음은 고모님이 문상을 오셨을 때와 입관식을 할 때, 마지막에는 유골을 묻었을 때이다.

유골을 묻고 어머님이 편안하게 쉬어요, 또 올게요라는 말을 하는 순간 심하게 파장이 떨렸다. 입관식 할 때에는 상당히 아픈 파장이었는데 아마도 이 의식이 이승과 저승의 경계로 보인다.

3일장을 마치고 삼우제를 끝내고 오는데 한 분의 영이 잠깐 동안 머물다 나가고 슬며시 아버님의 영이 들어온다. 처음에는 큰 느낌이 없다가 점점 중단을 조여오기 시작한다. 그런데 이렇게 가족령이 빙의된 것도 처음이지만 그 빙의된 느낌이 인과로 들어 온 영들과는 판이하게 다른 느낌이고 꽤 강력하다. 중단을 지나 배 부분까지 상당히 넓게 퍼져있는 상태다.

이튿날이 지나자 본격적으로 아버님의 영이 점점 변화하기 시작하는데 아마도 지금의 나의 영성과 같아지는 것으로 보이고 서서히 진화하는 것이 감지되었다. 하루 이틀 동안은 순간적으로 너무나 큰 기운을 소진하여 심하게 졸음이 몰려오고 중단이 조금 편해진 후에 영안으로 아버님을 보려했으나 도무지 잡히지가 않는다.

이후에 아버님은 정확하게 일주일 동안 머물다가 천도되셨다. 중간 중간 극락왕생, 업장소멸을 암송하여 드렸고 모든 것을 잊고 좋은 곳으로 가도록 염했다. 마지막 날 새벽 2시경에 천도되어 하늘로 올라가는 모습이 보이고 내 방안 한 가득 편지가 보인다. 집안의 모든 우환을 가져가시고 내년에는 후손들에게 좋은 소식을 주려나 보다.

비몽사몽간에 천도되셨지만 너무나 기뻤고 부디 극락왕생하시도록 다시 한번 빌어 드렸다. 아버님은 전생에 나의 목숨을 구해주신 분이다. 부디 다음 생엔 더 건강한 몸으로 좋은 곳에 태어나시길 바란다. 이렇게 이번 아버님의 천도를 통하여 많은 것을 배웠고 조금이나마 수련이 발전한 것 같다.

삼우제가 끝나고 어머님과 마지막에 나누었던 말이 문득 떠오른다.

“바로 앞에 있던 사람을 더 이상 볼 수 없고 갑자기 없다고 생각하니까 인생이 너무나 허무해…"

"엄마 그 허무감 때문에 석가모니 부처가 출가하신 거예요."

2016년 12월 17일 토요일

아버님의 상을 치르느라 거의 2주간이나 등산을 쉬었다가 오늘에야 갔네..

그래서 그런지 오르는 내내 상당히 힘이 든다. 2주만 쉬어도 이러니 참… 꾸준히 가야지. 쉬엄쉬엄 걷다 보니 어느새 만월암 초입이다. 그런데 평소와는 다르게 기운이 느껴지지 않는다. 어제 들어온 바윗덩어리 같은 영 때문이다. 오전 수련에서는 호흡하는 것조차 약간 힘이 들 정도였는데 등산 중에도 중단전의 중압감이 여전하였다. 그러나 크게 불편함은 없는 정도이다.

산 정상에는 눈이 조금 쌓여있어 주의하며 정상을 지나 어느덧 우이암에 다다르고 혹시나 하고 이제 천도되려나 천지인 호흡으로 가다듬어 보았지만 꼼짝도 하지 않는다.

아무래도 이번 원령은 조금 길게 가나보다 하고 무심하게 원통사로 내려오는데 그 순간 불덩어리 같은 한 마리 용처럼 뜨거운 기운이 중단전에서 스멀스멀 일어난다. 이 타오르는 적룡 같은 기운이 바윗덩어리 같은 가슴을 쪼개고 부수며 녹이고 올라온다. 서서히 온몸으로 주천화후가 일어나고 급기야는 얼굴까지 휘감는다.

그런데 그 순간 기운을 주시하며 걷다가 그만 살 얼은 바위에 미끄러져 뒤로 넘어졌다. 뒤에 따라 오던 분들이 괜찮냐고 물을 정도로 크게 넘어졌는데 전혀 마음이 흔들리지 않는다. 이전 같으면 살짝 짜증이라도 났을 텐데 전연 심리적 동요가 일어나지 않는다.

더 특이한 건 뒤로 넘어지고 나서 온몸의 세포 하나하나까지 열감이 더 강하게 일어난다. 너무 운기가 강해져서 그런지 얼굴까지 화끈거릴 정도이다. 안되겠다 싶어 가던 길을 멈추고 잠시 원통사 계단에 서서 기운을 회전시켰다.

음! 그런데 참 신기한 일이지... 그렇게 바위덩어리 같던 원령이 왜 하필 이곳에서 천도되는 것일까? 도대체 우이암과 원통사, 이 두 곳과 나는 무슨 인연일까? 명당이나 우연치고는 너무나 같은 현상이 자주 일어난다. 아무래도 이것을 화두로 해야겠다.

이런저런 생각으로 운기가 안정적으로 돌아가고 다시 가던 길을 가려 하는데 그 순간 다시 불덩어리 같은 기운이 목 부분에 있는 염천혈을 휘감는다. 이 경혈은 아래의 목차크라와 같은 곳인데, 사실 이 현상이 한 두 달 전부터 지속되고 있다.

오래 전에 들은 이야기로는 이 부분의 경혈이 활짝 열리면 갈증과 배고픔이 사라진다던데. 그러고 보니 오늘 등산 중에 거의 물을 마시지 않았다.. 평상시 같으면 3병 정도나 먹었을 텐데. 아무튼 차후에 어떤 변화가 있을런지 유심히 관찰해 볼 예정이다.

목 부분이 한동안 뜨겁게 달아오르다가 이내 진정된다. 주천화후를 주시하며 하산하였다.

2016년 12월 19일 월요일

어제는 우이암과 원통사와의 인연을 파악하기 위해서 작정하고 좌선에 들었다.

빙의령이 들어와 있었지만 그대로 화두를 잡기 시작하였다. 운기가 활발해진 상태여서 그런지 깊은 호흡 즉, 1분 호흡이 채 되기도 전에 화면이 떠오른다.

먼저 우이암을 암송하였는데 꼭 고려시대 수월관음도 같은 화면이 보인다. 옆으로 누워있는 듯한 화면이 꼭 제대로 잘 관찰하라는 듯이 서서히 좌측에서 부터 움직인다. 아! 근데 참 남성 같기도 하고 꼭 여성 같기도 한 모습이다. 이 화면을 보면서 문득 드는 생각이 정말 우이암이 관세음보살의 기운이 서려있단 말인가?

이 화면이 사라진 후 다시 원통사를 암송하였다. 여러 시녀 같은 사람들이 분주히 움직이고 큰 대문을 지나 면류관을 쓰신 분이 보이는데 이 분이 꼭 옥황상제 같기도 하고 한 나라의 임금님처럼 보인다. 특이한 것은 직감적으로 전해져 오는 것이 정 중앙 한 가운데 상당한 지위에 있는 분이다.

좌선을 마치고 원통사에 대해 다시 한번 네이버링을 해보니 여기가 태조 이성계의 기도처였다. 조선을 건국하기 전 이성계는 여러 곳의 기도처를 찾아 지극정성으로 기도를 한 것으로 보인다. 이 원통사도 그 중에 하나로 보고 여기서 기도 후 하늘로 올라가 옥황상제를 뵈었다는 전설이다.

그럼 이곳이 혹시 영계의 다른 차원으로 가는 길목이란 말인가? 음... 이 부분은 개인적인 생각으로 아직 좀 더 관을 통한 관찰이 필요할 것으로 보인다.

아무튼 연구대상이다. 그런데 여기서 잠깐! 한가지 늘 궁금한 것이 도대체 이 화면을 보여주는 아니, 영안을 작동하는 그 주체는 과연 누구일까? 나 자신일까? 지도령일까? 선계일까? 우주심일까? 아니면 섭리의 작용일까?

최근에는 육식을 하면 꼭 고무를 씹는 느낌이다. 먹고 나서도 속이 꽤 울렁거린다. 더 특이한 건 고기를 먹겠다는 생각을 하는 순간 먹기도 전에 이미 그 영이 들어와 있다. 심기혈정의 원리를 점점 더 강하게 느끼는 것으로 보인다.

안되겠다 싶어 삼공 선생님에게 지함생식을 주문하여 다시 먹고 있는데 전생의 오랜 훈습 때문인지 아직도 가끔은 그 고무같은 육식이 먹고 싶을 때가 있다. 도대체 고무를 왜 씹고 먹고 있는 것일까?

원시불교에서는 부처님이 열반하신 이유가 마지막 공양이 상한 돼지고기를 드신 거라 하는데 아무리 봐도 잘못된 기록으로 보인다. 왜냐? 내가 지금 체험하고 있으니까?

최근 『능가경』에 심취하여 공부하고 있는데 여기 기록된 석가모니 부처의 육식에 대한 설법을 읽어보면 그야말로 간담이 서늘해지고 기가 막힌 내용이 적혀있다.

『능가경』 보리달마를 검색하던 중 우연히 알게 된 바로 그 경전인데 이 경전 이 요새말로 히트다. 어찌나 지금 나의 수련상태에 필요한 말들이 적혀있는 것인지 꼭 나한테 하는 말 같다. 그야말로 몇 천 년 전에 달마대사가 그 부리부리한 눈으로 나를 노려보며 가르치고 있다.

생식은 아침, 저녁으로 하고 점심은 최근에도 직장 동료와 화식을 하고 있는데 얼마 전의 일이다. 여느 날처럼 식당에 앉아 주문한 음식을 기다리고 있는데 5m 전방에서 상반신만 느껴지는 빙의령이 허공에 뜬 채 유유히 나에게 다가온다. 참! 기의 세계란 오묘하단 말이지.

또 한가지 알아낸 사실은 한 영이 천도하기 전에 이미 그 다음 영이 어떻게 알고 미리 들어온다. 수련이 어느 정도 경지에 이르면 빙의령이 들어오고 나가는 것을 바로 영안으로 파악할 수 있다. 어느 삼공재 수련생의 블로그 글을 보면 빙의령이 축소된 크기로 수련자의 어깨 뒤로 보인다.

오늘은 아침에 출근하여 화장실을 가는데 5천원짜리가 바닥에 떨어져 있다. 그런데 돈을 보는 순간에도 마음이 전연 흔들리지 않는다. 그냥 무심하게 지나쳐 간다. 이젠 부처님 발바닥 정도쯤은 수련이 되었나 보다. 본성과 천지신명에게 감사한다.

2016년 12월 24일 토요일

어제 새벽에 눈이 와서 그런지 오늘 도봉산 정상에는 눈꽃이 만개하였다. 그런데 도봉산에 자주 오르는 등산객들 말이 이렇게 눈꽃이 완벽하게 보존되기 힘들다고 한다.

등산을 하다 보면 공통적으로 느낄 수 있는 것이 사람들 마음이 참 여유로워진다는 점이다. 등산로를 걷다 보면 여기저기서 웃음소리를 자주 들을 수 있고 처음 보는 낯선 사람들에게도 친절하고 관대하게 대한다. 이런 점이 도시 생활 속에서 느낄 수 없는 매력이 아닌가 싶다.

오늘은 우이암에 도착하기도 전에 몇십 미터 전방에서부터 주천화후가 일어난다. 우이암 앞까지 도착하자 아예 가던 길을 잠시 멈추고 우이암을 바라보며 운기를 시작하였다.

암송은 관세음보살(觀世音菩薩).

아니나 다를까 살아있는 적룡(赤龍) 같은 뜨거운 용광로의 기운이 스멀스멀 올라오기 시작한다. 원통사까지 내려오는 내내 중단전이 완전히 열리고 온몸으로 주천화후(周天火候)가 일어났다. 원통사 앞에서도 잠시 멈추어 무심(無心)으로 운기하였다.

2016년 12월 27일 화요일

방금전 삼공재에 다녀 온 이웃님의 블로그 글을 통해 삼공 선생님의 기운을 처음 느껴보았다.

뜬금없이 머리 위의 기운이 요동치기 시작해서 이웃님의 블로그에 방문했는데 갑자기 삼공 선생님과 기운줄이 연결된다.

아! 그런데 이런 기운은 평생 처음 느껴본다.

삼공 선생님 과연 명불허전(名不虛傳)이다.

심장까지 요동치고 주체할 수 없는 기운으로 오른팔이 진동까지 하려고 한다. 선도수련 이후 난생 처음이다. 어떻게 이런 기운이 사람에게서 나올 수 있나? 관음법문은 파장음을 넘어 쇳소리까지 나고 있다. 수백, 수천 개의 쇳조각이 부딪히며 나는 소리인데 그 소리가 너무나 경쾌하고 아름답다.

천지기운을 받았던 대주천과 삼합진공 이후 이런 기운은 처음 느껴본다. 아니 더 강한 거 같다. 강하고 특이한 기운 언어도단(言語道斷)의 경지이다. 천지(天地)가 진동하는 느낌이다. 어떻게 말로 표현해야 할까?

한 사람을 건너서 느껴지는 기운이 이 정도이니 직접 뵈면 앉아 있기도 힘들 것이다. 살아생전에 이런 기운을 느끼게 해준 천지신명에게 감사한다. 가슴이 벅차올라 눈물까지 나려고 한다. 이 분은 대체 누구란 말인가? 삼공 선생님에게 두려움과 경의를 표합니다.

2016년 12월 28일 수요일

어제 삼공 선생님의 기운을 접하고 난 후 호흡이 많이 편해진 상태다. 중단전도 무엇인가 한꺼풀 벗겨진 느낌인데 빙의령이 들어와 있어도 중압감이 줄어들었다. 거의 하루 종일 관음법문 파장음이 흐르고 삼공 선생님만 의식해도 편안한 기운이 느껴진다.

삼공 선생님을 만나보지도 않고 어떻게 그런 큰 기운을 느끼는지 궁금하신 분들이 많을 것이다. 이것은 블로그 이웃님에게 실린 삼공 선생님의 기운을 간접적으로 흡수한 것이다. 이렇게 간접적으로 경험한 것임에도 너무나 강렬하고 특이한 상태이니 놀랄 수밖에 없다.

선도수련자가 진정한 스승인지 아닌지 정확하게 평가할 수 있는 항목이 몇 가지 있는데 가장 대표적인 것이 바로 이 기운에 관한 부분이다. 이것은 결코 속일 수가 없다. 선도수련자에게 기운(氣運)이란 거의 모든 것이라 할 수 있다. 이 축기된 천지기운(天地氣運)으로 화두도 깨고 영성도 진화하는 것이다. 결국 선도수련의 성패는 얼마만큼 이 천지기운을 더 강하고 맑게 많은 기운을 축기하느냐다.

아울러 타인의 기운을 식별하는 데 중요한 역할을 하는 것은 두 가지 장치가 있다. 머리 위의 기적인 안테나 겸 에너지 조절장치와 관음법문 수련시 한쪽 귀에 장착되는 기적인 음류장치이다. 이 장치는 모든 기운을 파장음으로 재해석한다. 이 파장음은 기운에 따라 강약과 빠르고 느린 속도감이 느껴진다.

더 중요한 건, 이 두 가지 장치는 나 자신의 본성의 반응이기 때문에 절대로 속일 수가 없다. 그야말로 하늘의 장치라 할 수 있는 것이다. 그러니 선도수련자의 길잡이가 되는 것이다.

어제 삼공 선생님의 기운을 느끼기 전에 먼저 헤일로가 반응하고 이후에 관음법문이 반응했다. 그런데 그 느낌이 너무나 강렬하고 특이하다. 처음 대하는 기운인데 단순한 열감이 아니다.

대주천과 삼합진공 시 느꼈던 천지기운(天地氣運)은 신령하고 뜨거운 열감이었는데 삼공 선생님의 기운은 전혀 다른 느낌이고 한 단계 더 고차원적인 기운으로 다가온다.

이 부분은 수련자의 개인적인 차이가 있을 것으로 보고 수많은 수련의 시간을 보내고 축기가 단전에 차오르게 되면 단전이 뜨겁지도 차지도 않은 신령하고 오묘한 상태가 된다.

어제 삼공 선생님의 기운이 그랬는데 한가지 순간적으로 떠오른 것이 언젠가 『선도체험기』에서 새로운 기운을 시험해보고 있다는 글이 생각난다. 추론이지만 그 기운이 아닌지 모르겠다.

또한 삼공 선생님의 주변에 커다란 오로라가 켜진 것이 감지되었다. 이것이 기운의 장으로 보이는데 이 오로라의 영향이 미치는 범위 내에서는 진동이 느껴진다. 이 오로라가 주변의 몇 미터까지 영향을 미치는지는 모르겠지만 이 영역에서는 어떠한 사기도 침범하기 힘들 것으로 보이고 수련이 깊은 사람은 거의 모든 경혈이 열릴 것이다.

『선도체험기』를 보면 유난히 기몸살과 명현현상을 자주 경험하는 장면이 등장하는데 이제야 그 이유를 알 것만 같다.. 이런 상식 밖의 기운을 삼공 선생님의 몸이 견디기 힘들었을 것이다.

이런 기운은 한 평생 용맹정진 수련만 한다고 해서 얻어지는 그런 기운이 아니다. 엄청난 사명을 지닌 하늘의 기운인 것이다.

이전에 블로그에 올렸던 글을 다시 정정한다. 수련생들이 느끼는 기운은 『선도체험기』나 삼공재의 기운이 아니고 삼공 선생님에게서 나오는 기운이다. 아마 이 정도의 기운이면 이미 생사를 초월했을 것이다.

2016년 12월 29일 목요일

이 블로그를 처음 만들게 된 시기가 2013년 경 꿈속에서 삼공 선생님을 보고 난 이후이다. 당시에 한창 수련이 진전되고 있을 무렵으로 기억하는데 아무래도 그냥 꿈이 아닌 거 같았다.

그때부터 블로그에 선도수련에 관한 글을 올리기 시작하였고 보잘 것 없지만 홀로 수련하시는 도우님들에게 조금이나마 도움이 되기를 진심으로 염원하며 글을 올렸다. 당시에나 지금이나 개인적으로 삼공 선생님을 직접 만나 뵌 적은 단 한번도 없다.

처음 이 블로그에 오시는 분들은 내가 삼공 선생님의 측근이라도 되는 것으로 오해할 수 있다. 그러나 오로지 『선도체험기』라는 책의 내용과 삼공 선생님의 기운만을 확인하여 지금까지 블로그를 통하여 삼공선도를 알리게 된 것이다. 그런데 최근에는 회의감이 들고 있다.

자주 오시는 이웃님들이 언젠가는 발대신기하시어 최종 삼공재로 가서 수련을 하셔야 하는데 이 블로그의 글과 『선도체험기』만을 읽는 것에 만족하는 것으로 보이기 때문이다.

물론 개인적인 이유와 사연이야 수십 가지가 있겠지만 경제적인 이유가 아니라면 이젠 행동으로 옮겨 주시기 바란다. 글은 단지 글일 뿐이다. 그 이상도 그 이하도 아니다.

이렇게까지 당부 드리는 것은 이틀 전 한 이웃님의 삼공재 방문 후 실린 삼공 선생님의 기운을 뼈저리게 체감하였기 때문이다. 그 정도의 기운이라면 이미 앉아서 천리 밖을 내다볼 것이다.

그동안 『선도체험기』를 통하여 삼공 선생님의 기운을 간접적으로나마 느꼈었지만 이번 경우에는 그 차원 자체가 다른 것을 알았고 직접 만나 뵙고 그 자리에서 수련을 하여야 한다.

자주 소통하시는 이웃님들 중에 2~3분이 아직 이런저런 이유로 삼공재 방문을 차일피일 미루고 있는데 이젠 더 이상 망설이지 말고 스스로에게 다시 한번 반문하여 결정하시기 바란다.

아울러 이번 1월달까지만 블로그에 글을 올리고 당분간 절필할 작정이다. 현재 갈등 중이신 2~3명의 이웃님들이 모두 삼공재로 가시는 날 다시 글을 올릴 예정이다.

블로그에 글을 자꾸만 올리다 보니 본래의 내 취지와는 다르게 그냥 여기서 만족하려는 상황이 벌어지고 있다. 이 부분은 본래의 내 의지와는 너무나 다른 결과이다.

삼공재 선배님이신 dosa30님처럼 삼공재에서 직접 수련도

하시고 가끔 한번씩 이 블로그에도 방문하시어 서로 부족한 부분에 대한 도담 등을 나누어 주시면 고맙겠습니다.

불쾌하게 생각하지 마시고 부디 이런 제 심정을 너그럽게 이해하여 주시기 바랍니다. 아울러 블로그를 통하여 최근 삼공재 방문을 시작하신 이웃님들에게 진심으로 감사드립니다.

2016년 12월 30일 금요일

어제 저녁에는 잠이 쏟아져 일찍 잠자리에 들어서 그런지 아침에 컨디션이 좋다. 고요한 아침, 마침 식구들도 잠들어 있는 상태라 수련하기에 최고의 조건이다.

역시 수련은 아침에 하는 것이 좋고 세수를 하고 좌선에 들었는데 기운이 편안하다. 호흡도 안정적이고 관음법문 파장음도 유유히 일정하게 흐른다. 이렇게 관음법문 파장음이 일정하게 흐르면 기운이 안정적이라는 의미이다. 10초, 20초, 30초, 40초, 50초, 60초, 1분 호흡 관음법문 파장음을 상단전으로 이동하였다.

어제 저녁 늦게 들어 온 빙의령이 비교적 순한 영이라 상단전에 집중하여 보았다. 잠시 후에 한적한 시골풍경이 보인다.. 기차가 지나가고 논 밭 같은 장면이 파노라마처럼 흐른다.

몇 장면이 더 지나가고 70~80십대 어느 할아버님의 모습이 보인다. 그러나 처음 보는 얼굴이다. 등 뒤로 병풍이 보이고 자주빛 한복을 입고 다소곳이 앉아계신 모습이다. 머리숱이 많이 없으시고 얼굴이 비교적 검게 그을리신 상태로 보아 농사를 짓는 분으로 보인다.

너무 선명한 화면으로 보여 잠시 머뭇거리는데 이 순간 다시 화면이 바뀐다. 이 분이 살았던 전형적인 시골마을로 보이고 마을에 작은 강이 흐르는 것이 보인다. 그런데 이 강물이 상당히 불어난 상태다. 직감적으로 떠오르는 것이 마을에 홍수가 난 거 같다. 아마도 이 분의 죽음과 홍수가 연관이 있어 보인다. 불어난 강물이 비교적 물살이 빠르게 흐르고 있고 더 집중해서 보니 강물이 온통 흙탕물이다.

잠시 강물을 바라보다 문득 강물 속이 보고 싶어진다. 이 순간 신기하게 화면의 포커스가 강물 아래로 내려간다. 강물 속이 보인다. 역시나 강물 속까지 모두 흙탕물이다.. 한치 앞도 보이지가 않는다.

오전 수련을 마치고 궁금한 것이 있는데 가끔 이렇게 전혀 모르는 분들의 영이 들어 올 때가 있다는 것이다. 그런데 이럴 땐 몇 가지 특징이 있다. 순한 영이고 비교적 영안으로 집중하면 정체를 잘 드러낸다. 또 한가지는 보통 60~80년대 죽은 영들이 많다. 즉, 최근에 사망한 경우가 대부분이다.

아울러 이런 영들은 지박령들도 아니고 인과로 들어 온 경우도 아닌데 무슨 인연으로 들어오는 것인지 잘 모르겠다. 파장으로 보아도 살아생전에 나름 선하게 살았던 영들이 많다. 이런 영들은 불안감이나 우울감 같은 파장을 일으키지도 않고 하루 종일 있는 듯 없는 듯 머문다. 오래 전에 죽은 영들하고는 상당히 다른 느낌이다. 이들과의 인연이 궁금하다.

오후에는 어머니가 평소에 유난히 보고 싶어 하던 길상사에 다녀왔다. 그런데 겨울에 가서 그런지 생각보다는 그렇게 볼 만한 것은 없고 봄에 가는 것이 좋을 거 같다.

신기한 것은 이 절에 큰 탑이 하나 있는데 여기에 석가모니 부처와 가섭존자, 라훌라 존자의 진신 사리가 안치되어 있지만 기적인 반응이 전혀 없다.

예전에도 또 다른 석가모니 부처의 진신 사리가 있는 절에 가보았지만 전혀 기적인 경험을 할 수가 없었다. 심지어 성철 큰스님의 사리가 모셔져 있는 곳도 가보았는데 역시나 같은 반응이다.

왜 이럴까? 나의 수련이 낮아서 그런 것인지 아니면 다른 이유인지는 잘 모르겠다. 유명한 사찰도 마찬가지였는데 기운을 느꼈던 곳은 딱 한곳 우이암과 도봉산 원통사 뿐이다.

2017년 1월 1일 일요일

안녕하세요? 적림선도(赤林仙道)입니다 정유년(丁酉年) 새해가 밝았습니다. 2017년에는 원하시는 것들 모두 다 이루시고 건강하시기 바랍니다.

지난 한 해 동안 보잘것없는 글들을 읽어 주시느라 고생하셨습니다. 개인적으로는 2016년이 참 안 좋은 해였는데 선도수련(仙道修鍊)으로 무사히 지나왔네요.

지루하던 하루하루가 지날수록 수련에 별다른 진전이 없어 참 힘들기도 하였지만 조금씩 조금씩 빙의령 천도시간이 빨라지는 것을 보면 그래도 축기가 제대로 되고 있었나 봅니다. 눈부시게 커다란 발전은 없었지만 나름 만족한 한 해였습니다. ^^

아울러 아버님의 죽음을 보면서 인생사 "제행무상"이라는 것을 새삼 체감하였습니다. 욕심내지 말고 살아야지 다른 사람에게 원한 사지 말고 살아야지 다시 한번 다짐하였고...

사후경직이 온 아버님의 시신을 보면서 석가모니 부처의 마지막 말이 뼈에 사무치더군요. 이 세상 모든 것은 쉬지 않고 변해간다. 자기 자신을 등불 삼아 진리를 스승 삼아 멈추지 말고 부지런히 정진하라. 죽는 순간까지 구도를 위한 조언을 아끼지 않았던 석가모니 부처는 구도자들의 진정한 스승이란 생각이 들었습니다. 이웃님들도 분명 같은 생각이라 믿습니다.

따라서 지난번 말씀드린 것처럼 이번 포스트를 끝으로 당분간 블로그를 중단할 예정입니다. 그동안 블로그에서 소통하시고 공감하셨던 이웃님들은 모두 삼공재로 가주시기 바랍니다. 삼공재로 가셔서 방문하시고 댓글을 달아 주세요. 그럼 저도 곧 뒤따라가겠습니다.

시간은 우리를 기다려 주지 않고 우리 앞에 생불(生佛)이 계시는데 더 이상 주저할 이유가 없습니다. 저 또한 삼공재로 가서 지난번 제가 느꼈던 그 천지를 진동시켰던 바로 그 기운을 제 눈으로 직접보고 다시 한번 확인하고 싶습니다. 이런 대도인을 어느 생에 어느 시절에 또 다시 만난다는 보장은 결코 할 수가 없습니다.

2017년에는 삼공재에서 다 같이 연꽃을 피워 봅시다.

삼공재(三功齋)에서 뵙겠습니다.

2017년 2월 1일 수요일

어제는 비교적 긴 시간인 일주일이나 머물렀던 원령이 떨어져 나갔다. 최근 천도(薦度) 속도로 보면 꽤 오랫동안 머물렀던 영이다. 불안감이나 우울함을 증폭시키지는 않았지만 나름 중압감이 상당한 존재였다.

이렇게 강력한 원령이 어제 오후에 천도되어 나가는데 꼭 허공으로 사라지는 연기와 같다. 일주일이나 괴롭히던 존재가 그렇게 순간적으로 사라지니 참 허무하다는 생각이 든다. 이 영이 나가고 나서 한동안 생각에 잠기는데 꼭 모든 것이 원래부터 없었던 일처럼 다가온다.

대체 이 원령과 나는 무엇을 위하여 그토록 여러 생을 서로에게 상처를 주었을까? 대체 어떤 이유로 맨 처음 그 악연이 시작되었을까? 왜 이렇게 원래는 존재하지 않았던 인과(因果)로 서로에게 영향을 주었을까? 무엇을 위해 그 수십 생 전 마음의 빚을 받으러 왔고 또 갚아야만 했을까?

아마도 그것은 생명의 모든 존재들이 끊임없이 바라고 있는 영성(靈性)의 진화(進化)일 것이다. 인과를 소멸하는 순간 너무나 허무하고 모든 것이 아무것도 아닌 공(空)의 느낌처럼 다가온다. 맨 처음 우리의 모습인 무(無).. 그 공(空)의 세계, 빙의령도 인과도 나도, 우리는 모두 아무것도 아닌 무(無)의 존재들이다.

2017년 2월 7일 화요일

최근 아버님의 죽음으로 나름 큰 공부를 하였는데 그 중에 하나가 49제에 관한 부분이다. 결론은 49제는 없는 것으로 보인다. 물론 어디까지나 개인적인 경험이므로 참고만 하기 바란다.

49제 당일 면밀히 관찰하여 보았는데 별다른 반응이나 변화는 전혀 없는 것으로 확인하였다. 아버님의 영혼은 육신을 벗고 주변에 머무르시다가 삼우제가 끝나고 곧바로 들어 오셨다.

특이한 것은 바로 이번 설에 겪었던 일인데 아버님 혼이 제사 하루 전에 미리 들어오신 일이다. 음... 이게 참 특이한 경우로 보이는데 돌아가신 후 처음 치르는 제사라 그랬던 것인지 모르겠다. 개인차가 있을 것으로 보고 살아생전 영혼의 성향이나 애착 정도 등의 차이가 있을 것으로 본다.

얼마 전에는 방사를 했는데 이전처럼 빙의령이 잠시 나갔다가 다시 들어오는 현상이 사라졌다. 아마도 기력이 조금 강해진 것으로 보고 2~3회 더 방사를 하자 마침내 이전과 같은 증상이 왔다. 역시 사정은 손기현상을 일으키는 것으로 보인다.

근래에 또 다른 변화는 감정의 변화가 일어나면 엉덩이 뒷부분 혈자리가 모두 반응을 한다. 엉덩이부터 아래의 양 허벅지 혈자리가 모두 시원하기도 하고 화끈거리기도 한다. 수련이 조금씩이나마 진전되는 것으로 보고 일취월장 용맹정진 할 작정이다.

아래의 빙의령 천도 7단계의 과정은 최근 기감각이 더 예민해져서 나름 정리하여 보았다. 조금이나마 도움이 되시길 바라며 본인의 경험과 비교하여 보시기 바랍니다.

빙의령 천도 7단계

1단계. 가슴 통증

갑자기 가슴을 짓누르는 통증이나 날카로운 것으로 찌르는 느낌이 든다. 원령일수록 이 강도가 엄청나다. 선령일 경우에는 살포시 가슴을 조이는 듯한 느낌이 든다.

얼마 전 방송을 보니 일반인이 강력한 신령에게 빙의된 것으로 보이는데 어느 날 길을 가는데 별안간 가슴에 번개가 내리꽂는 느낌이 들었다고 한다. 얼마나 고통스러웠을까?

원령이 순간적으로 들어 왔을 때에는 호흡을 강하게 해주는 것이 좋다. 개인적으로 창안한 천지인호흡법이 있는데 이 호흡법은 10~15분 이상 하지 않는 것이 좋다. 잘못하면 기운이 거꾸로 돌아 갈 수 있다. 순간적으로 중단전에 기운을 집중시키는 호흡법으로 짧은 순간에 효과를 볼 수 있다.

2단계. 중압감

빙의령이 들어 온 후 가슴 부분에 마치 커다란 바위를 올려놓은 듯한 중압감이 발생한다. 가슴이 답답하고 심하면 배 전체까지 복부 팽창감을 주기도 한다. 원인 모를 불안감과 우울함이 일어나고 잘 들어오던 기운이 마치 도둑맞은 것처럼 사라진다.

대주천이 진행 된 수련자라면 백회가 닫힌 느낌이고 하단전에 열감이 전혀 느껴지지 않는다. 기운을 돌려도 주천화후가 전연 일어나지 않는다.

3단계. 피로감

쏟아지는 졸음과 함께 몸이 상당히 피로해진다. 꼭 야근이나 심한 중노동 후에 오는 상당한 육체적 피로감이 몰려온다. 바로 이 순간 빙의령의 대대적인 영격 변화가 시작되는데 이때 대량의 손기현상이 일어난다. 원령일수록 그 강도가 엄청나고 이때가 수련자에게는 가장 고통스러운 시기이다.

수련이 깊어지면 이 시기가 짧아지고 비교적 손기현상도 약해지는데 초기에는 괴로운 순간이다. 이때에는 잘 먹고 잘 자야 한다. 강력한 체력과 기력이 필요하기 때문이다.

더 가관인 것은 체력보강을 위해 육식을 하면 엎친 데 덮친 격으로 동물령까지 들어온다. 인과령과 동물령까지 함께 들어오면 거의 초죽음이다. 꼭 금방이라도 중단이 터질 것만 같다. 선도수련을 시작하면 생식을 해야만 하는 가장 큰 이유이다.

4단계. 지병

눈이 침침해지고 신경통 같은 지병이 재발한다. 온몸에 힘이 빠진 상태이고 늘 어디인가 몸에 이상이 있는 듯한 느낌이 든다. 무기력증과 함께 근육이 느슨해진다.

5단계. 불안감

이 시기에 수련자의 마음과 정신까지 지배하려 하는데 이유 있거나 이유 없는 조급함, 불안감, 우울함, 폭력성, 성욕, 슬픔 등을 증폭시킨다. 알게 모르게 수련자의 감정에 강한 간섭작용과 파장을 일으키며 잘못하면 정신줄을 놓게 된다.

선도수련자는 늘 빙의령에 집중하고 환희지심을 암송하면 이들의 파장을 감소시킬 수 있다. 절대로 빨리 나가라고 재촉하면 안 된다. 수련자가 짜증을 내고 화를 내면 더 달라붙게 된다. 마치 어린아이를 달래듯 설득하는 식으로 "인과응보, 해원상생"을 자주 암송하여 준다.

6단계. 파장

빙의령의 파장이 조금씩 약해지고 온몸에 퍼져있던 사기가 서서히 백회 부분으로 이동한다.

7단계. 천도

완전히 선령으로 변화한 빙의령이 드디어 떠나야 할 곳으로 가게 된다. 백회를 통하여 무엇인가 빠져 나가는 느낌이 들며 이 순간 온 몸에 주천화후가 힘차게 일어난다. 그러나 이 주천화후도 잠시 뿐 대부분 또 다른 빙의령이 곧바로 들어 오거나 이미 들어와 있다.

천도 시기는 수련자의 수련 정도에 따라 기간이 달라지고 빙의령의 수준 또한 차이가 난다. 한동안 같은 급의 빙의령들이 들어오고 어느 정도 적응이 되면 레벨이 한 단계 높아진다. 점점 더 강력한 원령들이 들어오고 적응하는 동안 위의 7단계의 일정한 패턴이 지속적으로 반복된다.

그러나 선령일 경우에는 2단계를 거쳐 중간과정을 생략하고 곧바로 6~7단계로 넘어간다. 빙의되어 있는 동안에도 있는 듯

없는 듯한 느낌이다. 별의별 빙의령들이 다 들어오고 나중에는 다른 차원이나 다른 행성의 원령도 들어온다.

일반적으로 기운을 느끼기 시작하면 곧 빙의가 시작되고 일단 한번 시작되면 멈출 수 없다. 이후부터는 끊임없이 그야말로 줄기차게 들어온다. 1년. 365일. everyday. 단, 대대적인 기갈이를 하는 동안은 잠시 멈추기도 한다.

빙의령 천도는 전생의 카르마를 소멸시켜 가는 너무나 경이로운 과정이다. 이 모든 악업의 결과물을 사라지게 하는 동안 나의 본 모습 즉, 부처가 되어가는 것이다.

한가지 선도수련자가 주의해야 할 점이 있는데 수련 중에 기감이 사라지는 순간이다. 대주천 수련 시 느꼈던 하느님과 같은 마음 즉, 환희지심이 사라지더라도 실망하지 말아야 한다. 대부분이 바로 그 시기에 강력한 원령에게 빙의되어 있는 경우가 많다. 다시 말하면 빙의령들로 인한 거짓 자아가 나의 참 모습인 진아를 가리고 있는 것이다.

그러나 수련 중에 가끔 대대적인 기갈이를 하는데 이 순간 잠시 동안 빙의령들의 방문이 멈춘다. 바로 이 시기에 대주천이나 삼합진공이 진행된 수련자라면 최고의 호흡과 완벽한 컨디션, 하느님의 마음인 환희지심을 새삼 다시 느끼게 된다.

그런데 최근 문득 드는 생각이 개인적인 인과령 말고도 중음신들이 너무나 많은데 그 이유가 무엇일까? 그것은 아마도 인구과다 즉, 카르마의 적체 현상이 아닐까 생각한다. 면적 단위당 너무나 많은 귀신천국 대한민국 이 말은 다시 해석해 보면 영성이 더 높아지는 것 즉, 대한민국은 지금 바로 도인천국이 되어가는 대격변의 시절인 것이다.

얼마 전 도봉산 관음봉(우이암)에 다달아서 여느 때와 같이 원령이 천도되어 나가고 잠시 동안 관음봉 아래에 앉아 선정에 드는데 또 다른 빙의령이 유유히 가슴을 조여 온다.

아! 관세음보살의 오로라 안에서도 인과는 피해갈 수 없는 것이구나. 인과령을 피할 수는 없지만 단, 그 결계의 가피력 안에서 천도를 빠르게 하는 것으로 보인다.

2017년 2월 18일 토요일

최근 들어 자주 드는 의구심이 수련이 상당히 높은 경지에 가신 분들의 모럴헤저드 현상이다. 이것은 왜 그런 것일까? 수련이 깊어지면 점점 세속적인 것에 무관심하게 되는데... 대체 왜?

나 같은 하수도 수련이 진전될수록 심신의 변화를 체감하는데 고수들의 타락은 왜 그런 것인가? 오래 전 선도수련의 방법이 잘못 된 것이다. 난 개인적으로 이 이유가 가장 큰 것으로 보인다.

즉, 정(精), 기(氣), 신(神)이 아니고 기(氣), 심(心), 신(神)이 되어야 한다. 이렇게 차례대로 수련이 진전되어야 한다. 이 중에서 가장 중요한 것이 심공수련 단계인 중단전의 심(心)이다. 중국식 기공의 폐단이나 오래 전 우리 고유의 선도수련법이 잘못 전수된 것으로 보인다. 가장 중요한 심공 수련인 심(心)의 단계가 빠져 있을 리 없다.

대체로 견성 후에 도덕적 타락의 길을 걷는 선배들을 보면 신(神)이 가장 잘 발달되어 있다. 이것은 너무나 위험한 상황으로 보이며 신(神)은 기(氣)와 심(心)의 수련이 완전히 완성되고 열려야 한다.

이 신(神)의 발전은 기(氣)와 심(心)의 수련 단계에서도 조금씩 열리는데 이때에 보이는 영상들도 반드시 수련에 관련된 화면이어야만 한다. 그 외적인 화면들은 모두 무시해야 한다.

이 신(神)이 가장 큰 문제다. 기(氣)와 심(心)이 불완전한 상태에서 신(神)의 수련단계로 넘어갔으니 이 얼마나 위험천만한 일이었을까? 그동안 선도계의 법기(法器) 너무나 많은 인재들을 잃었다.

부디 앞으로는 선계와 천지신명들의 적극적인 도움으로 이런 불상사가 없었으면 한다.

아래는 최근에 경험하는 수련의 변화들이다

1. 기운이 열감보다 관음법문 같은 파장으로 더 느껴진다.
2. 빙의령 천도시 순간적 손기 현상의 회복감이 열감이 아니고 시원한 느낌이다.
3. 극한의 상황에 처하면 중단전에서 강력한 열감이 일어나고 중단전이 활짝 열린다.
4. 인신의 도움이 자주 일어난다. 숙명적으로 앞문이 안 열리는 상황인데 그 순간 옆문이 열린다.
5. 호흡이 5~10초 더 길어졌다.

2017년 2월 24일 금요일

지난주부터 거의 일주일 동안 이상한 빙의령들이 들어온다. 대부분 빙의령들은 닮아 있는 듯 비슷한 듯하지만, 조금씩 다른 성향을 가지고 있다. 강약도 차이가 나고 감정 상태도 조금씩 다르고 그 원한의 크기도 약간씩 다른데 최근 일주일 동안은 강약도 일정하고 감정상태와 원한의 크기도 비슷비슷하다. 거의 비슷한 시기에 같은 정도의 원한을 품고 유사한 죽음과 인과를 가지고 있는 거 같다. 그런데 나름 어떤 날은 오전 수련을 망칠 정도로 기운이 빠져 나가는데 오늘도 그랬다.

오후에 마침 시간이 되어 그동안 별러왔던 현묘지도 체험기를 읽으러 도서관에 갔는데 『선도체험기』를 읽기 시작하자 예전에 경험하였던 현상이 또 다시 일어난다. 양손의 십선혈(十仙穴)로 액체 같은 기운이 흘러내린다. 흘러내린 기운이 양팔을 통하여 마치 발전소의 전력이 끌어 당겨지듯 순식간에 흡수된다.

삼공 선생님과 제자분들의 이메일 문답을 읽고 마침내 현묘지도 부분에 이르자 기운의 흡수가 절정에 다다른다. 양팔이 꼭 『선도체험기』에 전선을 꽂아 놓은 듯 하나로 합쳐진 느낌이다. 중단으로 모여든 기운이 가슴을 휘젓고 다닌다. 아! 현묘지도 이 현묘지도 수련...

참! 신령한 수련으로 보인다. 현묘지도 수련을 마치면 빙의령의 파장을 피해 간다던데 그 강력하던 원령이 거의 1~2분만에 녹아내리고 중단에 시원한 물이 흐르듯 편해진다. 더 놀라운 건 『선도체험기』를 다 읽고 난 후에도 한동안 사기가 들어오지 못한다.

기운이 또 한번 변화한 느낌이다. 빙의령 천도 2~3단계에서 곧바로 7단계로 넘어가고 있다. 현묘지도 도맥은 선도수련자에게 필연적인 수련법으로 보인다. 현묘지도 수련기만 읽어도 이 정도의 기적인 변화가 있는데 만약 직접 전수받는다면 어떨까?

다음 주에는 『선도체험기』에 실려 있는 현묘지도 수련기를 모조리 읽어 볼 작정이다.

2017년 2월 27일 월요일

선도수련(仙道修鍊)을 시작하고 가장 큰 변화는 세상을 아름답게 바라보는 시선이다. 이런 느낌들은 누가 알려줘서 경험하는 것이 아니고 그냥 스스로 일어나게 된다.

풀 한 포기, 나무 한 그루, 떠가는 구름 한 점, 한적한 오후의 거리, 평범한 하루 있는 그대로, 생긴 것 그대로, 특별 할 것 없는 그대로 그냥 바라만 봐도 행복하다. 늘 고맙고 감사하고 모든 것에 측은지심이 생기며 작은 것에 환희지심이 일어난다. 하느님의 마음, 부처님의 자비심, 예수님의 사랑, 모두 한 마음처럼 솟아오른다.

그러나 때로는 아주 가끔은 참 힘들 때가 있다. 나도 사람이기 때문에 어쩌다 한번쯤 오늘처럼 미치도록 짜증이 날 때가 있다. 이럴 땐 호흡이 잘 안 된다.

오늘은 참 힘든 하루였다. 카르마에 흔들리는 내 모습이 너무나 초라해 보인다. 세상사에 초연하고 의연해야 할 텐데.. 아직 수련이 많이 부족한 탓이겠지.

술을 거의 먹지 않는데 오늘은 한잔 생각이 간절하네. 그나마 기력이 강해지면서 이젠 잘 취하지도 않는다. 정북창 선생의 심정을 알 것도 같다. 체내에서 기운이 술을 독으로 받아들여 바로 바로 해독하는 것으로 보인다.

오늘 오후에는 그냥 『선도체험기』 1~100권까지 차례만 읽어보는데도 기가 흘러 들어온다. 현묘지도 수련을 마친 분들의 이름을 차례대로 불러만 봤는데 중단이 열린다. 이렇게 기감각은 점점 예민해져만 가는데 마음 수련은 엉망으로 흘러간다.

뜬금없이 오전 수련에서는 갑자기 無자가 암송해보고 싶어진다. 아직 心자 화두도 못 깼는데 웬 無자 화두가 내려올까? 그런데 신기하게도 無자를 암송하자 마음이 너무나 편해진다. 지난 주말 도봉산 관음봉에서 느꼈던 관세음보살의 따뜻하고 포근한 기운 같은 느낌이다.

문득 작년 여름 현묘지도 테스트 시 처음 보았던 화면의 의미가 떠오른다. 가운데 굴건을 쓰고 상복을 입고 있었던 내 모습과 하늘에서 내려온 흰색 용포의 옥황상제, 수련 중에 작년 겨울 아버님의 죽음을 미리 예견한 것이다. 우매한 도인이 미처 깨닫지 못했구나.

2017년 3월 6일 월요일

심(心)자 화두를 암송하던 중 자꾸만 무(無)자가 떠올라 최근에는 아예 무심(無心)으로 암송하고 있다. 이 무심화두는 연기화신을 넘어갈 때 한동안 암송했던 것인데 그 때와는 또 다른 느낌이다.

얼마 전 이 화두를 암송하며 빙의령에 집중하자 인당에 천연색의 동굴 같은 것이 보인다. 평상시에도 이 무심(無心) 화두를 암송하며 카르마에 마음이 일렁이지 않도록 유지하고 있다.

주말 등산으로 운기가 활발해져서 그런지 어제는 상당한 불안감을 일으키는 원령이 들어왔다. 대부분은 빙의령 천도 7단계의 특징을 골고루 가지고 있지만 유독 한가지만 심한 경우도 있다.

중단전만 빡쎄게 누르고 있는 원령, 유난히 슬프기만 한 원령, 상당한 피로감을 일으키는 원령, 흡혈귀처럼 기운만 쪽쪽

빨아가는 원령, 강한 성욕을 일으키는 원령, 우울감을 일으키는 원령, 그 중에서도 가장 상대하기 힘든 빙의령은 끊임없이 불안감을 일으키는 원령이다.

이 원령은 그야말로 말로 표현이 안 된다. 기공단계의 단순 불안감이 아니다. 상상을 초월한다. 너무 강력한 경우에는 잠도 제대로 잘 수 없다. 빙의령과 원령들... 선도수련자가 궁극에는 극복해야만 하는 존재들인데 이 존재들을 감당하기가 무척 힘이 든다.

삼공 선생님이 왜 소수정예로만 가르치려고 하는지? 대행스님이 왜 제자들에게 기공부를 못하게 했는지 이 원령들을 경험할 때 비로소 알 수 있다.

선도수련을 하려면 맷집이 좋아야 한다. 강력한 정신력과 체력, 난 이 맷집 하나로 버티고 있다. 선도수련을 하면서 개인적으로 느낀 빙의령이란 운동선수의 다리에 매달린 모래주머니와 같다. 이 모래주머니가 기공부와 몸공부 아울러 가장 중요한 마음공부까지 단련시켜준다. 이 빙의령의 파장에 흔들리지 않고 흩어지게 할 수 있을 때 그 순간 이 공부가 일단락 될 것이다.

주말에 들어 온 불안감의 원령에게 포커스를 집중하고 말하듯이 달래기 시작하였다.

빙의령, 빙의령 인과응보 해원상생, 빙의령, 빙의령 극락왕생 업장소멸...

들숨일 때 강력한 불안감의 파장에 집중하고 날숨일 때 하단전 중단전을 거쳐 무심을 암송하였다. 언제까지고 끝날 것 같지 않던 극도의 불안감이 사라지고 온 몸에 퍼져있던 사기가 흩어진다.

조금만 조금만 더 하면 수련에 가닥이 잡힐 것도 같은데, 작은 소식하나 올 것도 같은데, 욕심내지 말아야 하지 조화주 본성, 조화주 하느님, 조화주 무심.

2017년 3월 8일 수요일

하루 종일 수증기 같고 액체 같은 기운이 온몸으로 퍼져 나간다. 느닷없이 심장이 요동치기도 하고 가슴이 부글부글 끓기도 하고 중단전이 꼭 터질 것도 같다.

빙의령들이 끊임없이 들락거린다. 중단전이 조여졌다 열리면 순식간에 불덩어리가 올라온다. 원령으로 눌려있던 기운이 더 이상 빙의를 개의치 않는다. 무관하게 주천화후가 이루어진다.

손등엔 포근한 기운과 따듯한 기운이 흐르고 순간적으로 하단전에 뜨거운 기운이 솟구친다. 이럴 땐 얼굴이 붉으락푸르락하고 홍조 현상이 일어난다. 폭발하는 기운의 작용이다.

빡빡한 하루였는데 전연 피곤하지가 않고 웬만한 현상에는 마음이 출렁이지 않는다. 아무래도 수련이 한단계 발전하는 것으로 보인다. 천지신명에게 감사한다.

2017년 3월 22일 수요일

최근에는 대주천 이후에 느꼈던 피부호흡과 비슷한 느낌이 자주 일어난다. 꼭 귀싸대기를 맞으면 순간적으로 그 부분이 쏴~한 느낌이 일어나는 것과 비슷하다.

그런데 이 증상이 순간적으로 감정이 출렁일 때나 아무런 이유 없이 일어나기도 한다. 처음에는 신체의 일부분에서만 느껴지던 것이 이제는 온몸으로 퍼져가고 있다. 발, 다리, 골반부분의 경혈이 그럴 때도 있고 머리 우측부분이 그럴 때도 있는데 그 중에서도 가장 빈번하게 일어나는 부분은 왼쪽 허벅지에 비교적 넓게 자주 느껴진다.

순간순간 특정 부분에 한기가 일어나기도 하고 온몸에 전신으로 느껴질 때도 있다. 그런가 하면 상당히 뜨거운 기운이 느껴지기도 하는데 시간 별로 기운이 다르게 들어오는 것으로 보인다. 삼공 선생님의 말처럼 그야말로 매 순간 천지기운이 시시각각 변화하는 것으로 보인다.

차가운 기운이 느껴질 때에는 온몸이 오싹오싹할 정도로 순간적인 한기가 상당히 강력하다. 꼭 온탕과 냉탕을 번갈아 가면서 들락거리는 느낌이다.

순간적으로 들어 온 빙의령들이 짧은 시간 안에 대량의 기운을 가로채며 빠르게 나가고 있다. 가끔 대량의 손기가 발생하여 휘청거리기도 하고 최상과 최악의 컨디션이 반복되고 있다.

얼마 전부터 하루 종일 이런 상태다 보니 근무시간 내내 천국과 생지옥을 넘나드는 기분이다. 수련의 변화과정으로 보이는데 내 몸이 버틸지 모르겠다. 정신줄을 잡아야지...

2017년 3월 23일 목요일

아래의 글은 지난 3월 23일 삼공재 첫 방문에 관한 글입니다.

원래는 모두 비공개로 설정하려 했지만 그동안 눈팅만하고 가시는 분들의 부탁이 있었습니다. 개인적인 생각으로는 이 분들 또한 차후에 도심이 싹터 삼공재로 향할지 모르는 씨앗

들입니다. 따라서 삼공재 방문 글은 3일 정도는 공개로 하고 다시 서로 이웃으로 재설정할 예정입니다.

삼공재 방문의 이유는 아래와 같이 세 가지였다. 그러나 아마도 이제는 방문할 때가 되어서이지 싶다. 현재 나의 정확한 수련상태 점검, 삼공 선생님의 기운체험, 현묘지도 수련전수, 미루고 미루다가 오늘 오전에서야 삼공 선생님에게 방문메일을 보내고 회신을 받았다.

사실 지난주에 사전메일을 보내고 나서부터 어제까지 이상하게 강한 영들이 들어온다. 삼공 선생님을 처음 뵙는 것인데 너무 강한 영을 달고 가면 큰 실례가 되지 않을까? 내심 걱정했는데 다행히 오늘은 비교적 순한 영이 들어와서 조금은 편안한 상태였다.

오후 한시경이 되자 관음법문 파장음이 서서히 요동치기 시작한다. 모든 업무를 급하게 마치고 강남에 도착하니 어느덧 3시가 넘어 시간이 빠듯하다. 강남구청에 차를 세워두고 삼공재로 향했다. 사모님에게 먼저 인사드리고 가지고 간 과일 한 박스를 건넸다.

삼공재는 상상했던 것보다는 상당히 작은 방이다. 먼저 와 계신 3명의 제자 분들이 한창 좌선수련 중이시다. 일단 삼공 선생님의 첫인상은 너무나 평범하신 옆집 할아버지 같은 느낌

이다. 너무 큰 기대를 하고 가서 그런지 조금은 실망감도 들었다. 카리스마가 작렬할 줄 알았다. ㅎㅎ

삼공 선생님을 처음 뵙는 거라 일단 삼배로 인사드렸다. 생식카드를 작성하느라 삼공 선생님이 이것저것 물어보신다. 호구조사를 하신다. 다른 분들이 수련중인데 너무 방해가 되는 거 같아 상당히 미안했다. 살짝 둘러보니 블로그 이웃님도 앉아 계신다. 그런데 사진보다 얼굴이 작은 편이다. ㅎㅎ

진맥이 끝나고 잠시 좌선에 드니 삼공재에 들어올 때 순식간에 따라 들어 온 빙의령이 느껴진다. 중단전을 심하게 누르고 있다가 대략 15~20분 만에 풀어진다. 숨쉬기도 벅찬 중압감으로 보아 상당한 영인데 삼공 선생님에게 옮겨간 것인지 아니면 선생님 기운으로 빨리 천도가 된 것인지 잘 모르겠다.

아무튼 삼공 선생님의 도력을 실감하는 순간이었다.

이 정도 레벨이면 대략 하루 이틀은 머물다 나가는 것이 보통이다.

이 영이 나가고 곧바로 또 다른 영이 들어온다.

그러나 이전에 이웃님에게 실린 삼공 선생님의 그 특이한 기운은 느껴지지 않는다. 진동도 하지 않았지만 한가지 특이한 건 빙의 상태인데 백회로 지속적으로 천기가 들어온다.

이전과 같은 큰 기운이 느껴지지 않았던 것은 두 가지 이유로 추론해 본다. 첫째는 이전에 이미 그 기운이 어느 정도 동화가 된 것으로 보인다. 둘째는 강한 빙의령으로 삼공 선생님의 기운을 100% 느끼기가 힘들었을 것이다.

인상적인 것은 삼공 선생님의 얼굴과 눈빛인데 온화하면서도 상당히 강렬한 눈빛이다. 기수련이 경지에 오른 고수분들의 전형적인 쏘아보는 눈빛을 하고 계신다. 모든 기운이 눈에 실려 있는 것처럼 보인다.

얼굴에서 느껴지는 느낌도 특이한데 남성적인 기운과 여성적인 기운이 동시에 느껴진다. 수련이 깊어지면 나타나는 관세음보살의 중성적인 느낌과 비슷하다. 다시 말해서 음과 양의 기운이 고르게 느껴진다는 의미이다.

나오는 길에 『선도체험기』 1권~100권까지 구매하였다. 집에 돌아와서 생각해 보니 그동안 단독수련을 해 와서 현재 나의 수련 정도를 알고 싶었는데 책을 사느라 깜빡 잊어 버렸다. 이메일로 다시 문의드리고 구매한 『선도체험기』를 모두 책장에 진열하였다. 이젠 더 이상 도서관 반납 날짜에 얽매일 필요가 없다는 생각에 여유가 생긴다.

삼공 선생님이 회신을 주셨는데 정확한 수련상태 점검은 다음 방문 시 문답이 필요하고 현재 수련이 고속으로 진행되고 있는 것은 사실이라고 하신다.

삼공재 방문 후 빙의령이 들어와 있는데도 하루 종일 백회로 기운이 들어온다. 이따금씩 하단전과 중단전이 타 들어 가는 느낌도 든다. 이런 현상들로 삼공 선생님의 기운이 어느 정도인지 짐작할 수 있었다.

한 가지 안타까운 것은 삼공 선생님이 많이 연로하셔서 노화를 체감하고 계시는 것으로 보인다. 선도수련에 관심이 있으신 분들은 하루빨리 『선도체험기』를 필독하시고 삼공재로 가시기 바랍니다.

2017년 3월 24일 금요일

어제 삼공재를 다녀오고 별다른 명현현상이나 기몸살은 없는 상태이다. 아마도 선천적으로 기몸살이나 진동은 하지 않는 체질로 보인다. 그러나 삼공재 방문 후 최근 고속화되고 있는 용광로 같은 수련상태에 기름을 부은 것 같다.

하루 종일 얼마나 많은 빙의령을 천도하였는지 모르겠다.. 상당한 숫자가 들락거린다. 하단전과 중단전이 늘 따뜻한 상태이고 관음법문 파장음이 거의 온종일 켜져 있다.

강렬한 눈빛으로 쏘아보는 듯한 삼공 선생님의 눈빛이 매순간 느껴진다. 이 글을 쓰고 있는 동안에도 중단전과 하단전이 꼭 타 들어가는 느낌이다. 문득 2년 전 관악산 등산 시 느꼈던 강력한 화기(火氣)가 생각난다.

느낌상 삼공 선생님은 자신의 기운을 제자들이 가져가는 것을 상당히 좋아하시는 것으로 보인다. 그러나 환자나 다른 이들이 가져가는 것은 결코 원하지 않을 것이다. 선도수련에만 사용해야 하고 얼만큼 제자분들을 사랑하는지 알 수 있는 순간이다. 그야말로 선도수련(仙道修鍊)을 가르치기 위해서 태어난 분으로 보인다.

오전 수련에 좌선을 하고 있으니 등 뒤의 책장에 진열 된 『선도체험기』에서 기운이 느껴진다. 마치 커다란 버팀목이 내 뒤에 서서 뒤를 봐주는 느낌이다. 든든하고 강력한 울타리 같다.

삼공재에서 직접 처방받은 생식도 이상하게 조금 다른 느낌인데 뭐랄까? 기운이 실린 느낌이다. 맥을 짚는 순간도 조금 특이한데 상당히 인상적이다. 단 한번에 짚어내고 단숨에 처방을 내리신다.

다른 생식원에서는 볼 수 없었던 장면인데 아마도 상대방 기운까지 참고하시는 거 같다.

대도인(大道人), 만약에 큰 도인이 있다면 이 정도는 되어야 하지 않을까? 최근 급격한 수련의 변화에 감사드리며 천지신명에게 삼배하였다.

2017년 3월 26일 일요일

최근 현묘지도 전수자분들의 수련기록을 읽어 보고 있는데 참 흥미로운 내용들이 많다. 그 중의 신기한 내용 중에 하나가 빙의령이 꼭 작은 점과 같이 보인다는 점이다.

그런데 이 내용이 왜 신기하냐 하면 언젠가 나 또한 저런 빙의령의 모습을 본 적이 있기 때문이다. 요즘에는 강한 영이 들어와도 그다지 힘들지 않기 때문에 관을 하지 않지만 예전에는 달랐다. 그 날도 여느 날처럼 상당히 중압감이 느껴지는 영이라 한참 영안으로 포커스를 맞추고 있는데, 갑자기 빨려 들 것 같은 영상이 보이더니 그 한가운데 꼭 검정색 바둑알 같은 것이 보인다.

보통은 영상으로 살아생전의 모습으로만 보이던 빙의령이 그날은 다른 모습으로 보인 것이다. 당시에는 무엇인지 잘 몰라 집중을 중단하고 말았는데 빙의령의 또 다른 형태였던 것이다. 신기한 일이다 아무튼 그 때에도 그 바둑알 모양이 꼭 살아있는 생명처럼 다가온 건 사실이다.

그런데 이 빙의령의 모습이 너무나 선명하게 보일 때가 있는데 바로 비몽사몽간일 때 그렇다. 음기가 강한 새벽녘에 수면중인 우리의 뇌가 이승과 저승의 중간 영역을 넘나들 때 이 빙의령들의 모습이 꼭 현실에서처럼 너무나 확실하고 리얼하게 보인다. 가끔은 이 상태에서 빙의령과 대화까지도 가능하다. 고맙다고 인사하고 가기도 하고 무엇인가 알려 줄 내용이 있다면 전해주기도 한다.

그나저나 현묘지도 체험수련기를 읽어보니 참... 빙의령들에게 상당히들 시달리는 거 같다. 나는 그 심정을 너무나 잘 알지. 그 괴로움도 기적인 변화나 체험도 현재의 나와 비슷하다. 이런 분들이 앞으로도 많이 나와 주어야 한다. 그래야만 예정된 최악의 시나리오가 변할 것이다.

난 증산도인은 아니지만 그들이 말하는 천지개벽의 예언이 전혀 근거 없지는 않다고 본다. 그러나 그렇다고 꼭 그런 식으로 급격한 지구의 정화나 순간적인 생명체의 진화는 반대다.

물론 이제까지 이런 식의 천지개벽은 무수히 많았겠지만 그런 식만이 꼭 맞는 것일까? 이제까지 그렇게 해왔다면 이제는 방법을 바꾸어야 하지 않을까? 그런 식의 급속한 영성의 진화는 우리들 스스로가 원하는 방식은 아닐 것이다.

개인적인 추론으로는 아마도 선계의 신명들이나 천지신명들이 대안으로 내놓은 방식이 바로 도인들의 빙의령 천도로 보여진다. 아마도 도통군자가 나와야 한다는 말이 이 뜻일 것이다.

멸망 후에 생존한 사람들을 이끌고 새로운 세상을 여는 것이 최선이 아닐 것이다. 우리가 사는 곳이 멸망할 때 한 사람이라도 더 구하는 것이 최선의 시나리오도 아닐 것이다.

바로 지금 일만 이천 명의 도인들이 소리 없이 거대한 지구의 카르마를 녹여가는 것, 그것이 최선의 시나리오다. 최악의 상태인 이 생명의 땅을 스스로 정화해야 할 것으로 본다.

아마도 현묘지도 수련을 마치신 분들은 대부분 알고 계실 텐데 선계에서 보내주는 영상이나 메시지는 숙명론적인 것은 아닐 것이다. 경고의 파장으로 받아들이고 이것을 바꿔 놓아야 한다.

지금 이런 최악의 시나리오 변경을 위해 선계의 신명들과 진화한 외계생명체들이 수많은 도인들에게 그들의 보호령과 지도령으로 와 있을 것이다. 시나리오 각색을 위해...

2017년 4월 5일 수요일 비

참 희안한 일이다. 꼭 해시(亥時)에 기운이 강하게 들어온다. 이 시간대에 빙의령 천도 또한 자주 이루어진다. 해시는 12지시 중에 저녁 12支(지)의 끝 시간(時間), 곧 밤 9시~11시까지의 시간(時間)이다. 이게 원래부터 그랬던 것인데 최근에 기감이 예민해져서 그런 것인지? 아니면 다른 이유에서인지는 잘 모르겠다.

지금까지 알기로는 하루 24시간 중에 본인이 태어난 시간에 가장 큰 기운을 받는다고 하던데 직접 선도수련을 하고 기수련을 해보니 시시각각 변해가는 그때그때 기운이 천차만별이다.

예전 도인들이 수련이 깊어지면 천문학이나 주역까지 두루두루 섭렵했던 이유를 알 것도 같다. 한마디로 말해서 기공부에 대한 이론과 실전을 함께 연구하고 참고하였던 것이다.

이젠 주먹구구 수련에서 좀 더 깊게 공부해야 하는 시기로 보고 차차 학문을 더 넓혀야겠다. 읽고 배우고 연구해볼 책은 점점 더 많아지는데 먹고 살기가 힘들어 시간이 없다.

최근에는 이상하게 좌선중에 빙의령이 자주 들어온다. 이전에는 주로 일상생활 도중에 많이 들어 왔는데 이젠 좌선하고 앉으면 5분도 채 안되어 들어온다. 정확한 이유는 잘 모르겠다. 운기가 강할 땐 관음법문 파장음도 이젠 양쪽 귀에서 모두 들리는 일이 잦아졌다.

여기까지가 제가 2015년부터 기록한 수련일지입니다. 지루한 글을 읽어 주셔서 대단히 감사합니다.

선생님 최근에는 웬만한 빙의령은 거의 하루, 이틀이면 천도시키고 있습니다. 아울러 최근 『선도체험기』에 실린 현묘지도 체험기를 읽고 있으면 십선혈(十仙穴)로 액체 같은 기운이 흘러 내려와 단전으로 모여듭니다.

이 기운이 중단전을 휘젓고 다닙니다. 이 기운이 빙의령들을 더 빨리 천도시키고 있습니다. 현재 제 수련상태가 이제는 현묘지도 수련을 해야 할 시기로 보여 선생님께 간곡히 부탁드립니다. 좋은 하루 되세요.

2017년 4월 15일

자등명법등명 적림선도(赤林仙道)

김우진 올림

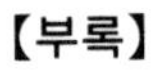

금언과 격언들

간교한 자는 말을 잘 하나 우둔한 자는 말이 없고
간교한 자는 바둥대나 우둔한 자는 여유가 있으며
간교한 자는 사람을 해치지만 우둔한 자는 덕이 있고
간교한 자는 흉(凶)하나 우둔한 자는 길(吉)하다.
아아! 천하가 다 우둔하다면 형정(刑政)이 사라지고
위 사람은 편안하고 아래 사람은 순리를 따를 것이며
풍속은 맑아지고 악폐는 사라지리라.

- 염계(濂溪 북송의 유학자, 주돈의, 주자학의 원조)

참고 견디는 것은 최상의 고행이고,
대자유에 이르는 것이 최고라고,
깨달은 사람마다 한결같이 말하더라.
남을 해치는 이는 출가자가 아니고,

남을 괴롭히는 자는 수행자가 아니니라.

\- 법구경 -

천지는 아무 기척도 없어 움직임이 없는 것 같지만, 잠시도 쉬는 일이 없으며, 해와 달은 밤낮 바쁘게 달리건만, 그 곧고 밝음은 만고에 변함이 없다. 그러므로 군자는 한가로운 때에도 위기에 대처하고, 바쁜 때에도 여유로운 기풍을 지녀야 한다.

\- 채근담 -

덕은 쥐꼬리만 하면서 지위만 높고,
지혜는 작으면서 꾀만 크면,
앙화를 당하지 않는 일이 드물 것이니라.

\- 명심보감 -

남을 헐뜯지 말고 상처 입히지 말고,
계율을 지키고 음식을 절제할 것이며,

한가히 홀로 앉아 사색에 전념하라.
이것이 깨달은 이의 가르침이니라.

\- 법구경 -

무욕이정, 천하자정(無慾以靜, 天下自定).

\- 노자의 도덕경 -

욕심을 버리고 마음을 조용히 가라앉히면 세상은 스스로 안정된다.

\- 채근담 -

밤이 깊어 고요할 때 홀로 앉아 내 마음을 살피노라면 어느덧 망상은 사라지고 진실만 나타난다. 이럴 때마다 나는 큰 희열을 느낀다. 그러나 진실은 나타났어도 번뇌 망상에서 벗어날 수 없음을 깨닫고는 큰 부끄러움을 느낀다.

\- 채근담 -

벼슬아치는 지위가 높아지면서 게을러지고, 병은 조금 나았다가 도리어 악화되고, 화(禍)는 게으른 데서 생겨나고, 효도는 처자를 거느리는 동안 시들해지는 법이다. 이 네 가지를 잘 살펴서 시종일관하도록 신중을 기해야 한다.

- 명심보감 -

(『선도체험기』 115권에 계속됨.)

저자 약력

경기도 개풍 출생
1963년 포병 중위로 예편
1966년 경희대학교 영어영문학과 졸업
코리아 헤럴드 및 코리아 타임즈 기자생활 23년
1974년 단편 『산놀이』로 《한국문학》 제1회 신인상 당선
1982년 장편 『훈풍』으로 삼성문예상 당선
1985년 장편 『중립지대』로 MBC 6.25문학상 수상

저서로는 단편집 『살려놓고 봐야죠』(1978년), 대일출판사, 민족미래소설 『다물』(1985년), 정신세계사, 장편 『소설 환단고기』(1987년), 도서출판 유림, 『인민군』 3부작(1989년), 도서출판 유림, 『소설 단군』 5권(1996년), 도서출판 유림, 소설선집 『산놀이』 ①(2004년), 『가면 벗기기』 ②(2006년), 『하계수련』 ③(2006년), 지상사, 『선도체험기』 시리즈 등이 있다.

선도체험기 114권

2017년 5월 30일 초판 인쇄
2017년 6월 5일 초판 발행

지은이 김 태 영
펴낸이 한 신 규
편 집 안 혜 숙
펴낸곳 글앤북
주 소 138 - 210 서울특별시 송파구 동남로 11길 19(가락동)
전 화 Tel. 070 - 7613 - 9110 Fax. 02 - 443 - 0212
등 록 2013년 4월 12일(제25100 - 2013 - 000041호)
E-mail geul2013@naver.com

ISBN 979 - 11 - 955266 - 9 - 7 03810 정가 15,000원